自称悪役令嬢な妻の観察記録。

3

登場人物紹介
クロ
バーティアと契約している精霊。黒狐や幼女メイドに擬態している。
セシル
アルファスタ国の王太子。頭脳明晰すぎて退屈だった日々を変えてくれたバーティアを大切にしている。
ゼノ
セシルと契約している精霊。普段は侍従としてそばに控えている。
バーティア
セシルの妻にして、アルファスタ国の王太子妃。「悪役令嬢」に憧れつつも、不思議と周囲の人たちを幸せにしてしまう。

精霊王
全ての精霊の王にして、ゼノの伯父。『調和』を司っている。
縁《えにし》
ゼノの父親にして、精霊王の弟。穏やかな性格。
嵐《らん》鳥《ちょう》
ゼノの母親にして、風の高位精霊。話し始めるとなかなか止まらない。
闇《あん》狐《こ》
クロの母親にして、闇の精霊王。一見、妖艶な悪女っぽいが……？
執事服の青年
闇狐の傍らに控える青年。ゼノを目の敵にしている。

一　バーティア、精霊たちの仲裁初日。

アルファスタ国王太子である私、セシル・グロー・アルファスタと、妻であり元自称悪役令嬢であるバーティアが、シーヘルビー国から帰国して二週間が経った。

シーヘルビー国では多少のトラブルはあったものの、無事にバーティアの友人であるリソーナ妃の結婚を祝うことができたし、その後の帰国の道中も問題は起きなかった。

帰国後は、多少仕事が溜まっていたものの、優秀な側近たちの尽力のおかげで、少し頑張るだけで通常の業務量に戻すことができた。

……まぁ、側近たちの目の下には隈《くま》ができ、多少体重も減っていたけど。

バーティアも、少し仕事が溜まっていたようだけれど、彼女が帰国後なるべく休めるようにと、彼女の友人たち……特に、私の弟の婚約者であるジョアンナ嬢が中心になって頑張ってくれていたみたいで、私と同じくらいのタイミングで通常業務に戻ることができた。

ただ、バーティアのほうは業務が一段落した段階で、彼女がいなくて寂しかったらしい友人たちが一緒に過ごせる時間を作ってほしいと言い出したため、ここ数日はいつもよりお茶会などが増え、忙しくも楽しそうな日々を過ごしている。

「……平和だね」

額にうっすらと浮かんだ汗を拭いつつ、朝日を眺める。

運動で少し火照《ほて》った体に、朝の清涼な空気が心地いい。

「殿下！　人を打ち据えつつ何を言ってらっしゃるんですか⁉」

私の足元に膝をついてゼェゼェと息を荒くしているゼノが叫ぶ。

若干、涙目になってこちらを睨んでくる彼に、私は満面の笑みを返した。

「おや、打ち据えるなんて失礼だね。少し早く目が覚めたから剣の稽古に付き合ってもらっていただけだろう？」

「大体それ自体が、バーティア様が『お友達や侍女たちと朝のヨガをやるんだ』と起きて早々に部屋を出ていってしまったことへの八つ当たりでしょう⁉」

「ん？　言っている意味がよくわからないな。私はただ、妻が頑張って健康を保とうとしていることに触発されて、私も頑張ろうかなと稽古をしただけだよ」

笑顔のままそう話すと、ゼノはげんなりとしたように俯《うつむ》いた。

ゼノの言う通り、今朝はバーティアがいつもより早く起きたから、一緒にベッドでゆっくり過ごそうと思ったのに、私の可愛い妻は起きてすぐに元気よくベッドから飛び出していってしまった。

あまりの勢いに、その背中を見送ることしかできなかった私は、再び眠る気にもなれず、仕方なく朝の鍛錬をすることにしたのだ。

朝早いせいで人が少ない城内を歩きつつ、ひとまず素振りでもしようかと思ったちょうどその時、私の目の前をいい獲物……もとい頼れる侍従であり、私の契約精霊でもあるゼノが通りかかった。

これはもう（私の鍛錬に付き合わせる）運命だと思い、ゼノに稽古に付き合ってくれるようお願いをしたら、彼は快く「勘弁してください！」と了承してくれた。

……うん、ゼノの「勘弁してください」は、「はい、喜んで」と同義だから問題ないよね。

そうして、彼の襟首を優しく掴んで中庭に移動し、仲良く鍛錬していたわけだけど、ちょっと張り切りすぎたのか、さすがのゼノも少し疲れたようだ。

ちなみに、鍛錬の時間中は精霊の力を使うことを一切禁止している。

「殿下が鍛錬を積むのはお好きにしてくださっていいんで、私を巻き込まないでください!!」

「何を言っているんだい？　これは親睦を深めるための大切な時間なんだよ」

「ただでさえ昨日は色々あって疲れているんですから……」

いつもだったら私の言葉に全力で噛みついてくるゼノが、不意に表情を暗くして深い溜息を吐いた。

その様子に違和感を覚え、彼の顔を覗き込もうとしたその時だった。

「見～付～け～ま～し～た～わ～!!　ゼノ、観念なさいませ!!」

朝の静謐《せいひつ》な空気を打ち破るように、私の可愛い妻の声が響き渡る。

振り返ると、ヨガ用にと着替えていた動きやすいパンツスタイルのまま、バーティアが勢いよくこちらに向かって走ってきていた。

何かに怒っているのか、目尻がキュッと吊り上がっている。

……私の可愛い妻はご立腹のようだけれど、ゼノをご指名だから、私に対して怒っているわけではなさそうだね。

そのことに少しホッとしつつ、突然バーティアに「観念しろ！」と言われて戸惑っているゼノから一歩離れる。ここは黙って状況を観察することにしよう。

「バ、バーティア様、どうされたんですか？」

ゼノが立ち上がるよりも早く私たちのもとに到着したバーティアが、バシッとゼノに人差し指を突き付ける。

その動作に、立ち上がりかけていたゼノは目をぱちくりさせて動きを止めた。

「犯人はゼノなのですわ!!　観念するのですわ!!」

「ふんすっ」と鼻息を荒くしているバーティアと、状況がわからず困ったように首を傾げるゼノ。

バーティアはこれでもうすべて通じたと思っているらしく満足そうな顔をしているけど、ゼノは状況がわからなすぎて何も言えずにいる。

……このままじゃ、話が進まなそうだね。

「ティア、どうしたんだい？」

助け舟を出すつもりで尋ねると、そこでやっと私もいることに気付いたのか、バーティアはこちらを振り返り、驚いたような顔をした。

「まぁ、セシル様もご一緒でしたのね。セシル様もゼノを怒ってくださいませ！」

「怒るのは構わないけれど、まず何に対して怒ればいいのか教えてくれるかい？」

腰に手を当てて「怒ってます」アピールをしているバーティアの手を取り、宥めるようにその甲を撫でる。

そして、彼女の顔を覗き込んで尋ねると、彼女はキョトンとした。

「わかりませんわ」

「わからない？　じゃあ、ゼノはなんの犯人なんだい？」

「知りませんわ」

思わぬ彼女の返事に、私とゼノは頭に疑問符を浮かべる。

怒っている張本人が怒っている理由がわからないとは、どういう状況だろう？

「わからない？　知らない？　一体どういうことなんだい？」

少しでも事情を探ろうとさらに質問を重ねると、彼女はキョトンとした顔のまま首を捻ったが、ようやく状況を説明したほうがいいと思い至ったのか話し始める。

「事情はよくわからないのですけれど、クロがいつも私のところに来る時間になっても来ないので、先ほど心配になってクロの部屋まで見に行きましたの。そうしたら、ドアにこれが貼ってあったのですわ!!」

バーティアが、手に持っていた紙を私たちに見えるように突き出した。

その紙には一言……『犯人はゼノ。』と書かれている。

……そっか。犯人はゼノなんだね。

「ゼノ、心当たりは？」

私はゼノに笑顔で尋ねる。

ゼノはバーティアの話を聞いていくうちに、何か思い当たることがあったらしく、顔を青くしている。

「いえ……あの……でも……」

しどろもどろで、肯定も否定もしないゼノに、私は溜息を吐く。

この感じだと、どちらが悪いのかはまだわからないけれど、クロとゼノの間でなんらかの揉め事があったのは確かだろうね。

「やっぱりゼノが!!」

私同様、彼らの間に何かあったのだと確信したらしいバーティアが、再び文句を言い募ろうとする。

「ティア、ひとまずそこまで」

今にも怒涛の勢いで言葉を紡ぎ出しそうなバーティアの口に軽く人差し指を当てて、制止する。

クロのことが大好きなバーティアが、クロが部屋に引きこもるほど怒るようなことをしたであろうゼノに文句を言いたくなる気持ちはわからなくもない。

けれど、ゼノにはゼノの言い分があるかもしれないし、その言い分を当事者であるクロがいないこの場で聞いたとしてもなんの解決にもならないだろう。

何かで揉めていて、それが解決に至っていない時は、大概当事者それぞれに言い分があってそれが対立している時だからね。

私たちが仲裁に入ることはできるかもしれないけれど、最終的にはクロを引っ張り出して話をさせないといけないわけだから、余計な手間は省こう。

「セシル様、なぜお止めになりますの!?」

「話はクロの部屋の前まで移動してからにしよう。出てきてくれるかはわからないけれど、もし可能ならクロも交えて話をしたほうが、お互いの言い分を聞けていいからね」

……まぁ、クロは喋《しゃべ》らないから最終的にゼノが話して、その時のクロの反応を見てクロの言い分を推測するという形になるだろうけどね。

「なるほど。直接勝負ですのね!! ゼノ、覚悟するのですわ!!」

バーティアが、ビシッとゼノに指を突き付けて宣言する。

「……わかりました。確かにクロと話をしないといけないのは確かですからね」

バーティアの意気揚々《いきようよう》とした姿に、これは逃れられないと察したのだろう。ゼノが溜息と共に肩を落として頷いた。

「それじゃあ、クロの部屋まで移動しよう」

何か面白そうなものが見られそうだしね。

ニッコリと笑顔で移動を促《うなが》す私に、バーティアは満面の笑みで頷き、ゼノは「ああ、面倒な人に知られてしまった」と頭を抱えていた。

＊＊＊

クロの部屋は、私たち夫婦の部屋から近い場所にある。

基本的に、王族と使用人とでは生活する区域が離れていることが多い。けれど、王族専属の使用人の中でも極一部の選ばれた者は、主《あるじ》が呼んだ時にすぐに馳せ参じることができるように王族が生活する区域に部屋を持つことが許されている。

クロとゼノはそこに個人の部屋を持っていた。

正直、クロのメイドとしての腕はたいしたことはない。

というか、やろうと思えばできるのかもしれないけど、クロはバーティアの膝に乗ってお菓子を食べたり、気分次第でどこかに行ってしまったりと、あまりメイドとしての意識がないのだ。

そもそもクロがメイドの格好をしているのは、契約精霊であるクロが主人であるバーティアのそばにいやすくするための擬態なので、実際のところ、メイドとしての力量はそこまで求められていない。

まぁ、メイドとしての力量がなくても、バーティアを守るという一点に関してはクロの右に出る者はいないだろうから、それだけでも十分に仕事をこなしていると言えるのだけどね。

そんなクロがその区域に部屋を与えられている理由はもちろんバーティアの契約精霊であり、彼女がバーティアのそばにいることを望んだからだ。

要するに、特別待遇というやつだね。

ちなみに、私の契約精霊であるゼノがその区域に部屋を与えられているのは、本人の希望ではなく、私が彼を呼び出して扱《こ》き使いやすい……もといゼノが侍従として優秀であると周囲が納得したからだ。

彼がその区域に住み始めたのは、私がまだ幼い頃だったけれど、私が父上たちにゼノの優秀さをアピールして頼むやいなや、父上も母上も、たまたま同席していたバーティアの父であるノーチェス侯爵も認めてくれたのだから間違いない。

まぁ、その時、周りの大人がなぜかゼノに対して憐《あわ》れむような視線を向けていた気がしなくもないけど……きっと私の思い違いだ。

「……ここですわ」

私たちの先頭を歩いていたバーティアが、王族専属使用人たちの部屋が並ぶ区域の一番奥で足を止める。

うん。クロの部屋はここで間違いないだろう。

……バーティアが剥《は》がしてきたはずの『犯人はゼノ。』という紙がまた貼られているから、間違えようがない。

「クロ！　ゼノとセシル様を連れてきましたわ！　話をしたいので出てきてくださいませ!!」

バーティアが扉をノックして、中にいるであろうクロに心配そうに声をかける。

しばらくすると、カチャッという音がして、クロがヒョコッと顔だけを出した。

「クロ！　良かったですわ!!」

きっとバーティアが一人で来た時は、いくら話しかけても顔を出してくれなかったのだろう。

バーティアが心底ホッとした表情を浮かべる。

……ところが。

ペタッ……パタンッ……ガチャッ。

「「「……」」」

クロは、扉に紙を貼ると顔を引っ込め、そのまま扉を閉めて鍵をかけてしまった。

再び廊下に沈黙が満ちる。

「……えっと、何々……『要求は既に伝えてある』？　だってよ、ゼノ？」

クロの頑《かたく》なな態度に固まってしまったバーティアとゼノの代わりに、私が新たに貼られた紙に書いてある内容を読み上げ、そのメッセージが向けられた相手であろうゼノに話を振る。

私に名前を呼ばれてハッとした様子で動き出したゼノが、「うわぁ……マジかぁ……」と頭を抱えた。

「ゼノ、どういうことですの？」

ゼノの反応を見て、バーティアが詰め寄る。

……ちょっとゼノとの距離が近すぎだね。君の夫はヤキモチ焼きだから、もう少し離れようか。

ニッコリと笑みを浮かべて、バーティアの腰を抱き寄せ、距離を取らせる。

バーティアはその行動の意図がわからないようでキョトンとしたけれど、私のすることだからきっと何か意味があるのだろうと勝手に解釈してそれに従ってくれた。

一方、私の行動の意味をすぐに察したゼノは、「え～、このタイミングでもそれですか？」と呆れた目で私を見てきたけれど、笑顔を返したら黙った。

「で、クロの要求はなんなんだい？　私たちでできることなら、協力してあげてもいいよ？」

ゼノのことはどうでもいいけれど、クロがこのまま部屋に引きこもる状態が続けばバーティアが心配することは間違いない。

場合によってはこの部屋の前から動かなくなるなんてこともあり得るから、ここは早めに解決しておきたい。

「いえ、あの……実は……」

もうここまできたら逃げられないと悟ったのだろう、ゼノがポツリポツリと昨晩クロとの間に起きた出来事について話し始めた。

「……要するにお付き合い？　結婚？　の挨拶をしに親のところに行こうと誘われたのに、ゼノがそれを断ってクロがいじけたってこと？」

ゼノが言いづらそうに話した内容を大まかにまとめると、そんな感じらしい。

――ここ最近、私たちの周りではあちこちで『結婚』に関する話題が持ち上がっている。

私とバーティアの結婚を皮切りに、リソーナ王女たちの結婚式があり、今後は順次バーティアの友人たちと私の側近たちの結婚式も行われる予定になっている。

私はそうでもないけれど、バーティアは友人たちから色々な相談が持ち込まれているらしく、ほぼ毎日のように結婚に関する話題が出ているようだ。

本来、貴族の結婚なんて政略重視で幸せなものばかりではないのだけれど、なぜか彼女の周りには幸せそうな人たちばかりが集まる。

否。集まるというよりも、バーティアが、友人たちが幸せになれるよう手助けし、それが報われた結果と言ったほうが正しいかもしれない。

とにかく、そんな感じなものだから、当然、バーティアと常に一緒にいるクロは、皆の幸せそうな姿を見続けることになった。そして、自分も結婚をしてみたいと思うようになったようだ。

その結婚のお相手というのが、私の契約精霊でもあるゼノだ。

私とバーティアが夫婦となったことにより、私たちと常に一緒にいる彼らも必然的に一緒にいる時間が増えた。元々私たちが結婚した頃には恋人のような関係になっていたのだが、最近になってさらに関係が深まったようだ。

とはいえ、闇の精霊であるクロは、光の力が強い昼の間は力を温存するために十歳くらいの狐耳と尻尾のついた少女の格好をしているか、黒狐の姿をしているかのどちらかだ。だから、二人が恋人として仲良くしていても、傍から見れば、兄が妹を可愛がっている場面か、青年が動物を可愛がっている場面にしか見えないのだけどね。

むしろ、昼間の姿のクロとゼノが恋人同士に見えたら、ゼノのロリコン疑惑が生じて問題になる。

バーティアがゼノをキッと睨みつける。

「なぜですの？　ゼノはクロと結婚する気はありませんの？」

その目には「うちの子を弄《もてあそ》んだんじゃありませんわよね？」と問い詰めるような圧が込められている。

「いえ、そうではなくてですね！　そ、そもそも私たち精霊には結婚という概念がないんですよ!!　だから当然親への挨拶なんて習慣もなくてですね!!」

慌てて弁明するゼノ。

彼の話によると、そもそも精霊には結婚という概念自体がなく、代わりに『伴侶』というものがあるらしい。

具体的にいうと、人間のように結婚式をしたり、親に紹介したりする文化はなく、結婚したことを申請することもない。

その代わり、生涯を共にすると心に決めた相手を『伴侶』として自分たちの中で定める。一度伴侶を定めれば、一生離れることなく添い遂げ、相手を何よりも大切にするのだそうだ。

……まぁ、どこの世界でも浮気者と呼ばれる例外はいるみたいだけど。

「それでしたら、ゼノとクロは伴侶同士ではありませんの？」

バーティアは、ゼノの説明を最初は厳しい顔で聞いていた。でも、それがどうやら精霊と人間の文化の違いによるものらしいとわかると、表情を穏やかなものにし、ひとまずは大人しくゼノの話に耳を傾けていた。

そして、話を聞いているうちに生じた疑問を、コテンッと首を傾げながらゼノに直球でぶつける。

「そ、それは……伴侶……だと……思いはするんですけど……」

――バンッ!!

「伴侶です！　私たちは完璧な伴侶です!!」

少し恥ずかしそうにボソボソと言うゼノに、扉の向こうで聞いていたクロが苛立ちを覚えたみたいだ。不満をアピールするようにクロの部屋の扉が叩かれ、ゼノが慌てて断言をした。

……ゼノ、もう完璧に尻に敷かれているね。

「それでしたら人間だの精霊だのとこだわらず、結婚の挨拶にも行ったらいいんじゃありませんの？」

何がいけないのかわからないという様子で、バーティアが尋ねる。

まぁ、確かに文化が違ってもやりたいことがあるのなら、二人で相談してやればいいだけだ。

そこに何か文化的な禁忌《きんき》があるのなら話は別なんだろうけれど、クロがなんの躊躇《ためら》いもなくねだり、それが受け入れられずに拗《す》ねている時点で、やる文化がないだけで、できないことではないのだとわかる。

クロは、自己主張が強くてマイペースに見えるけれど、その実、結構周りの様子をよく見ている。

相手を気遣う心も持っているし、多少の悪戯《いたずら》やちょっかいは出してきても相手が本気で困ったり悲しんだりすることはしない。

だから、これは本来ちょっとした我儘《わがまま》というかお願いという程度の内容なのに、それをゼノがなんらかの理由で頑《かたく》なに拒んでいるだけ……ということなんだろう。

「いや、でも、他がしていないことをしたら目立つじゃないですか！　それに、そんなことをしたら絶対に姉たちに散々からかわれることになるんですよ‼」

バーティアから純粋な疑問をぶつけられ、観念したように頭を抱えて本心を吐露するゼノ。

そういえば、ゼノには姉が何人かいるのだっけ？

あまり興味がなかったから聞き流していたけれど、大昔にそんな話を聞いた気がする。

ゼノは、精霊の中で唯一、全属性を使える精霊王の血筋だ。

確か、精霊王を含め、精霊王の一族の本質は『調和』であり、各属性の精霊たちと違って複数の属性を扱うことができるという話だった気がする。

ちなみに単純に『精霊王』という場合には、すべての精霊の王という意味で使われるが、各属性にもそれぞれ王がおり、その王たちは光の精霊王とか木の精霊王とか闇の精霊王とか、頭に各属性を付けて呼ばれる。だが、各属性の王は、全体の精霊王とは違い、それぞれの属性しか使うことができないらしい。

だから、闇の高位精霊であるクロは闇属性しか使えない。一方で、精霊王の血筋であるゼノは、メインは風と水だけれど、全属性を一応使えるということになるようだ。

そんなゼノは、精霊王の甥っ子という立場にあたるらしい。

ゼノの父が精霊王の弟で、母は風の精霊王の妹か何かだった気がする。

そして、ゼノのご両親は大層仲がいいらしく、ゼノには兄弟が大勢いる。

しかも、全員女性でゼノが末っ子。

その結果、気の強い姉たちに可愛がられつつも、いいように使われたりからかわれたりして生きてきたゼノは、姉たちに苦手意識を持っているようだ。決して仲が悪いわけではないみたいだけれどね。

本人曰《いわ》く、「あの人たちは集まるとろくなことをしない」とか「いつもからかってくる」とかそういう感じ。

よく考えると、ゼノの苦労体質は、その辺が影響しているのかもしれない。

……うん。決して私が扱《こ》き使っているせいではない。

「ゼノ」

「……なんですか、殿下」

私がニッコリ笑ってゼノの肩にポンッと手を置くと、彼は俯《うつむ》かせていた顔を上げた。

……ねぇ、ゼノ。なんで今、私が肩に手を置いた瞬間、体をビクッとさせたのかな？　しかも、こんなに優しく声をかけてあげているのに、なんでそんなに怯えているんだい？

「精霊だの人間だのにかかわらず、一般的に付き合いたての男女や結婚をする男女というものは、冷やかされ、からかわれる運命なんだよ」

「殿下は誰にも冷やかされたりからかわれたりしてなかったじゃないですか!!」

私が折角励ましてあげたというのに、ゼノが文句を言ってくる。

私だってバーティアと結婚した時には……あれ？　おかしいな。クロが結婚式当日に小さな悪戯《いたずら》をしたくらいで、そこまで冷やかされたりからかわれたりした記憶がない。

あ、でもバーティアのほうは散々声をかけられていたね。

真っ赤になる私の妻は可愛いから仕方ないよね。

「あ、すみません。よく考えたら殿下を基準にするのが間違っていました。殿下は怖……威厳があるので、からかえる人なんていませんよね」

「……ゼノ？」

「……ひっ！　すみません！　すみません!!」

折角励ましてあげたのに、恩を仇《あだ》で返された気分だよ。

この件が済んだら、話し合いをしないといけなそうだね。

でもとりあえず今は……

「うん。じゃあ、ゼノのほうも問題はなさそうだね。どうやら威厳を持てばゼノの心配事も全部解決するみたいだし。ああ、そうだ。ゼノとクロがご両親への挨拶を済ませたら、こちらで結婚式を挙げることにしようか。精霊界での結婚式についてどうするかは、二人……主にクロに任せるとしよう」

私は満面の笑みで、方針は決まったとばかりにパチンッと手を叩く。

異論は認めないという意思表示はしっかりとしておかないとね。

「ちょっ！　威厳とか無理でしょう!!　というか、なんでハードルを上げようとしてるんですか!!

もともとは挨拶に行く行かないの問題でしたよね!?」

私の言葉にギョッとしたようにゼノが吠える。

もちろん、もう結論は出たから異論は認めない。

人が折角優しく対応しようとしたのに、それを突っぱねたのだから構わないだろう？

それに、何よりそのほうが楽しそうだしね。

「まぁ！　それは素敵なアイディアですわ!!　クロ、出てきてくださいませ!!　話がいい形でまとまりましたわよ!!」

「まとまってません!!　まとまってませんから!!」

私の提案に目を輝かせたバーティアが嬉しそうにクロを呼ぶ。

ゼノが焦っているのは……うん、気にしていないみたいだね。

きっと、「照れているんですわね！」とでも思っているのだろう。

「――？」

バーティアの声に反応し、クロがドアをガチャッと開けて顔を出す。

「決まった？」と尋ねるように首を傾げてはいるが、嬉しそうに尻尾がユラユラと振られ、狐耳がピクピク動いているあたり、ドア越しではあってもちゃんと話は聞いていたんだろう。

「クロ、ご両親へのご挨拶の後に、こちらで結婚式を挙げましょう!!　私も協力しますわ!!」

トテトテと小走りで近付いてきたクロは、そのままギュッとバーティアに抱き付く。

そして、私を見て、いつも通りの無表情のままグッと親指を立てた。

顔は変わらないのに、どこか満足げだ。

きっと、部屋に閉じこもり貼り紙をしたのは、この展開を期待してのことだったのだろう。

なかなか策士だね。

「ま、待ってください！　勝手に決めないでください!!　嫌ですよ！　嫌ですからね、そんな恥ずかしいこと!!　大体、こっちで結婚式を挙げたら私はロリコン扱いされるじゃないですか!!」

一件落着の空気が流れ始めたことに焦って、ゼノが必死で叫ぶ。

その嫌がりようを見て、嬉しそうだったクロの耳と尻尾が悲しげに下がった。

そして、バーティアから離れてゼノのもとに行き、ワーワーと文句を言うゼノの服をギュッと掴む。

「……クロ？」

なんとか両親への挨拶からの結婚式という流れを止めようと必死で言い募っていたゼノが、クロが来たことに気付いて動きを止める。

表情はいつもと変わらないのに、どこか悲しげな様子でゼノを見上げるクロ。

そして、自分のほうを指さしてコテンッと首を傾げる。

それを見た瞬間、ゼノがギョッとした顔をし、慌て始める。

「いや、別にクロのことを恥ずかしいとか思っているわけじゃないよ！　もちろん、クロと伴侶になるのが嫌だとかも全然思ってないから！　むしろそれは歓迎だから、そんな顔はしないで！　お、俺はただ、からかわれるのが嫌だというか、恥ずかし……いやだから、クロのことが恥ずかしいんじゃなくね！　あ～も～なんて言えば……」

どうやら、クロが「私のことがそんなに恥ずかしいの？」と訴え、それに驚いたゼノが必死で弁明を始めたらしい。

……ねぇ、ゼノ。早めに解決しないと、クロ大好きな私の妻が爆発しそうだよ？

「……ゼノ、うちのクロの何が不満なんですの？」

残念。どうやら私の妻の怒りは既に限界を突破してしまったみたいだ。

しょんぼりとしたクロが、トボトボとバーティアのほうに歩いてきて、そのままギュッと彼女に抱き付く。

こうなると、もう男に勝ち目はないだろうね。

何をしても悪者になるのはこちらだ。

惚れた弱みというのもあるだろうし。

「クロ、大丈夫ですの？　泣かないでくださいませ」

抱き付いてきたクロの頭を、バーティアが優しく撫でる。

クロは耳も尻尾も垂れ下がっており、いかにも哀れを誘う風体だ。

でも……

バーティア、クロは抱き付いて顔を埋めているだけで、泣いてはいないと思うよ？

クロ、バーティアやゼノに見えないように「余計なことは言うな」という視線を向けるのはやめようか？

「いや、だから、別にクロのことを恥ずかしいとは思ってませんから！　す、好きだから伴侶として望んだわけですからね!!　その辺、精霊は人間と違って一途なのは君だってわかっているだろう？」

バーティアの非難の視線に耐え切れなかったのか、単純に伴侶であるクロが悲しむ姿を見ていられなかったのか、ゼノが必死でクロへの想いを訴え始めた。

本人からしてみれば必死なんだろうけれど、見ているほうは面白いね。

さて、そろそろ折れる頃かな？

「あ～もう！　わかりました！　わかりましたから!!　両親への挨拶も行きますし、結婚式も挙げますから!!」

ゼノが少し涙目になりながら言った。

クロの耳がピコンッと立ち上がり、尻尾もユラユラと揺れ始める。

「クロ、良かったですわね!!」

ホッとした様子で満面の笑みを浮かべるバーティアと、顔を上げてご機嫌そうにバーティアの顔を見て頷くクロ。

おや？　クロの顔が少し赤い気がするんだけど？

もしかして、さっきのゼノの必死の愛情表現が嬉しかったのかい？

クロを抱き上げて、嬉しそうにクルクルと回り出すバーティア。

その傍らでは、ゼノが床に手をついて「負けた」とばかりに打ちひしがれている。

うん、あれは最初から勝てる戦いではなかったからね。

でも、ちょっと可哀想だから、助け舟くらいは出しておこうかな？

……まぁ、最初に結婚式を勧めた罪悪感はなくはない……気もするから。

「……殿下」

私が歩み寄ると、ゼノは涙目で恨みがましそうに見上げてくる。

そういう視線を向けられると、折角用意した助け舟を片付けたくなるんだけど……まぁ、今日は面白いものを見せてもらったから良しとしようか。

そんなことを考えながら、ポンッとゼノの肩に手を置く。

「ゼノ、結婚式には、クロに大人の姿で出てもらえばいいんだよ。なんなら、式自体を夜にしてもいいしね。そうしたら、少なくともこっちでロリコン扱いはされないと思うよ」

「っ！　なるほど!!　殿下もたまにはいいこと言いますね!!」

「ゼノ？」

「なんでもありません!!」

「たまには」とはどういう意味だろうね？

どうやら後で話し合うべき内容が増えたみたいだ。

「ご両親への挨拶については君たち二人で行くだろうし、自分たちでなんとか……」

「セシル様！　クロがご両親への挨拶のために精霊界に行く際に、私のことも紹介したいから一緒に来てほしいと言ってますわ!!　もちろんいいですわよね!!」

「……」

バーティアの発言に、私とゼノの動きがピタッと止まる。

「……で、殿下はお忙しいでしょうから、来なくていいですからね？」

ゼノが焦った様子で先手を打ってきたけれど……そういうわけにはいかないよね。

ゼノの肩に置いたままになっていた手に、笑顔で力を込める。

「そうかい。ゼノも私に付いてきてほしいんだね？」

「いえ、そんなことは決して……」

「来てほしいんだよね？　……ティアとクロが暴走したら、君一人でなんとかできるのかい？」

後半、声を潜《ひそ》めてゼノの耳元で囁くと、ゼノはハッとしたように顔を青ざめさせた。

「私は可愛い妻のことが心配……なのと、ちょっと面白いことになりそうだから、そばで観察したい。ゼノは何かあった時に私にティアを止めてほしい。お互いの利害は一致している気がするけど？」

さらに耳元で囁き続けると、「観察メインですよね？」とか呟きつつも、ゼノにも思うところはあったようで渋々頷く。

交渉が済んだところで、バーティアたちに顔を向ける。

「ああ、もちろん構わないよ。ゼノもそういうことなら私のことも紹介したいから是非一緒にって言ってくれているし」

クロが「え？　嘘でしょ？」と胡散くさいものを見るような目を私に向けてきたけれど、ゼノが拒否もせずに視線を逸らしているのを見て、大体のことを察したようだ。

「仕方ないわね」とでも言うように、小さく嘆息している。

「まぁ！　セシル様も一緒にいらっしゃるのですわね!!　それは嬉しいですわ!!」

バーティアの顔がパァァッと明るくなる。

私が一緒に行くと聞いて喜ぶ彼女に、胸が温かくなる。

「私も君と出かけるのが楽しみだよ」

ゼノから離れ、満面の笑みを浮かべているバーティアのほうに歩み寄る。

それと入れ代わるように、クロはゼノに駆け寄っていく。

「私、クロやゼノのご両親にお会いできるのも嬉しいですけれど、精霊界に行くのも初めてですから凄く楽しみですわ」

うきうきしているバーティアをソッと抱き寄せ、落ち着かせるようにゆっくりと頭を撫でる。

「私も楽しみだけれど、行く前に片付けないといけない仕事は一緒に頑張ろうね？　あと、精霊のことは基本的に一部の人間を除いて言ってはいけないことになっているから、精霊界に行くことも当然内緒だよ？　いない間のアリバイ工作や誰にまで伝えるかは私のほうで考えるから、それが決まるまでは誰にも言ってはいけないからね？」

このテンションのまま誰かに喋《しゃべ》られたら大変なことになるからね。そこはきちんと釘を刺させてもらう。

「はっ！　そうでしたわ！　私、嬉しさのあまり色々な人に報告してしまうところでしたわ!!」

……どうやら先手を打って正解だったようだ。

「とりあえず、私たち二人が黙って消えるわけにはいかないし、常に誰かしらがそばにいるのが当たり前の私たちが数日単位でいなくなることを誰の手も借りずに隠すのは無理だから、誰かに協力を頼むよ。協力者はこちらで厳選するからね。おそらく、父上や母上、君の両親や友人、あとは私の側近たちには話すことになると思うけど、確定するまではこのこと自体を口にしてはいけないよ」

「わかりましたわ!!」

真面目な顔で何度も大きく頷くバーティア。

……うん。バーティアは秘密を守ろうとするけれど、嘘や誤魔化しが苦手だ。だから彼女の友人たちあたりには早めに伝えてフォローしてもらおうかな。

思わず苦笑するけれど、妻が楽しそうだからまぁいいかと結局は思ってしまう。

「……クロ？　いえ、いいんです。むしろ、本来伴侶の可愛い我儘《わがまま》くらい聞いてあげないといけないのに、恥ずか……照れくささが勝ってしまって、クロに嫌な思いをさせてすみませんでした」

私たちが今後のことについて話している間に、クロとゼノも無事仲直りをしたようだ。

クロがゼノにギュッと抱き付き、まるで「ありがとう」とでも言うように頭をゼノの胸に摺《す》り寄せている。

「あ、でも！　結婚式は夜やりましょう‼　クロの力が万全の時に、『大人なクロ』でやりましょう‼　きっと君には大人っぽいドレスがよく似合うので‼」

……ゼノ、必死だね。

そして、クロ。君、首を傾げているけれど、ゼノの意図はちゃんと理解しているよね？

理解した上で「よくわかんない」的な顔をしてゼノのことをからかっているよね？

まぁ、でもきっと最終的にはゼノの希望を叶えてあげるんだろうし、特に問題ないか。

そんなことを考えながら二人を眺めていたら、クロと目が合った。

その視線に「楽しんでいるんだから余計なことを言わないでよね？」という意味が含まれていそうな気がするのは、きっと気のせいじゃないだろう。

「……さて、これから楽しくなりそうだね」

腕の中でなおも嬉しそうに笑っている妻の顔を見つつ、私は小さく呟いた。

二　パーティア、精霊界出発一週間前。

「……で、殿下。これで今日の分の仕事は最後です……けど？」

執務室を訪れたチャールズが、神妙な顔で私に書類を差し出してくる。

別に悪いことをしているわけではないはずなのに、妙にビクビクとしているのが不思議だ。

「そうかい。ご苦労さま」

ニッコリと笑顔で受け取り、書類をパラパラと捲《めく》って中身を確認する。

うん、いつも通り問題はなさそうだね。

ついでに調べてほしいことはあるけど……まぁ、明日でいいだろう。

「内容は問題ないから、ここの部分の資料だけ持ってきておいてくれるかい？　それが終わったら少し早いけど帰っていいよ」

「あ、あの、まだ太陽が空にありますよ……？」

「ん？　そうだね。」

今はまだ十六時になるところだ。

大分傾き始めてはいるけれど、太陽が空にあってもおかしくはない。

「本当に本当にいいんですか？　罠的《わなてき》なあれではなく？」

「罠《わな》って、君は私をなんだと思っているんだい？」

チャールズは仕事が早く終わることに戸惑いを感じている様子で、何度も確認してくる。少し呆れを含んだ声で答えると、きょとんとした顔で口を開いた。

「え？　もちろん魔お……」

「……そんなに仕事を増やしてほしいのかな？」

言い終わる前に笑顔に威圧を込め、首を傾げる。

チラッと視線で示した私の机の上には、振ろうと思えばいくらでも彼に振れるだけの書類の山がある。

私がやるなら夕食までにすべて済むと思うけれど、この中からいくつか選んでチャールズに渡せば、彼の帰宅はきっと日を跨《また》ぐことになるだろう。

側近となった彼と仕事をしていく中で、彼がどの程度のペースで仕事をこなすのか、どういった仕事が得意でどういった仕事が苦手なのかは把握済みだ。

「じょ、冗談ですって!!　ここ一週間ほどで、無茶ぶりもなく暗くなる前に帰れる日々がどれだけありがたいことか身に染みてますから!!　殿下には感謝してますとも!!　ただ、なんでこんなに急に変わったのかなぁなんて思ったりなんかしてですね……」

慌てて言い募るチャールズをジーッと見つめると、彼はサッと視線を逸らした。

交渉などの仕事をやっている時にはこういった失言はしないくせに、どうも私の前だと気が緩みすぎるようだ。

私が甘やかしすぎているのかな？

それなら、遠慮なくもっと厳しくするけど？

でもまぁ、今回はこっちにも思うところがあるから……見逃してあげることにしようか。

「別にたいした理由じゃないよ」

小さく嘆息してから苦笑まじりに口にした私の言葉に、チャールズだけじゃなく、私の部屋にたまたま集まっていた側近たちも意識を向けてくる。

どうやら、ここ最近私から振られる仕事が少ないことに対して、クールガンもネルトもショーンもバルト……は何も気にしてなさそうだね。入口脇に立って警護をしつつ、側近たちが私の言葉を気にして固唾を呑んでいる様子に「ん？　どうした？」とでも言いたげに首を傾げている。とにかく、私の側近たちは約一名を抜かして全員、気になっていたようだ。

ちなみに、ショーンは、彼自身の王族としての仕事もあるため、私がすべての仕事を割り振っているわけではない。

まぁ、昔から甘えん坊なところがある弟に、少しでも成長してほしいと思って、課題を出したりしているからね。おそらく私の側近として仕事をしている者たちと同じ反応をしてしまうんだろうけれど。

「ここ最近、城を空けることが多いからね。その分、君たちにしわ寄せが行っているのもわかっている。だから、私がこうして城にいる間に、少しでも英気を養っておいてもらおうと思っているだけさ」

肩を竦めつつ、正直に伝える。

まぁ、この理由は嘘ではない。

ただ『一部情報が抜けている』だけでね。

「なっ！　殿下がまともなことを言っている!!」

「……チャールズ、本当に君だけは仕事を倍にしてあげようか？」

目を見開いて、再び失礼なことを口走ったチャールズにニッコリと微笑みかけると、彼はビクッと体を震わせ、ブンブンと勢いよく首を横に振った。

「じゃあ、本当に気にせず空いた時間を楽しんでいいんですね？　罠《わな》ではないんですね!?」

「罠《わな》なんて仕掛けていないよ。『私がいる間は』ゆっくりしてほしいと思っている。ただそれだけだよ」

「よっしゃぁぁぁぁ!!」

チャールズが拳を振り上げてガッツポーズをする。

……君、一応公爵令息だよね？　貴族のふるまい的なものはどこに行ったんだい？

「そういうことだったら、さっき言っていた資料をすぐに！　すぐに!!　持ってきて帰らせてもらいます!!」

チャールズが満面の笑みで言う。

「今日はアンネ嬢も城に来ているはずだし、彼女に時間がありそうならデートにでも誘おうかな？」

もの凄く嬉しそうな顔をしていていているチャールズを見ると、私の心も和む。

ああ、是非とも『私がいる間は』ゆっくりと恋人との時間を楽しむといいよ。

「……俺もこの研究資料の訂正箇所を直したら、仕事は終わるし……シーリカを誘って本を読みながらお茶でもしようかな」

私とチャールズとのやり取りを見ていたネルトも、いそいそとやりかけの仕事に集中し始める。

「今日はジョアンナ嬢も来ているみたいだから、一緒にお菓子食べよ〜っと。最近のジョアンナ嬢は、仕事とか僕のお嫁さんになる準備とかで忙しそうだし、労《ねぎら》ってあげないとね！」

ショーンも、途中でお菓子を食べ始めたせいで止まっていた仕事を再開する。

ちなみに、私の弟である第二王子のショーンには、城内に自分用の執務室がある。

だから、私の執務室で仕事をする必要なんてないんだけど……わからないとすぐに私に聞きに来るのだ。そのせいか、最近ではわからないことが多そうな仕事をする時には最初から私の執務室に来てやっている。

ショーンにだって仕事を手伝ってくれる側近はいるし、仕事を教えてくれる人間だって大勢いるはずなんだけどね。

まぁ、弟に懐かれて嫌な気はしないから、追い出したりはせず、心が折れない程度に厳しく指導するようにしている。

そんなことを考えていたら、ずっと黙々と仕事をし続けていたクールガンがボソッと「そういえば、この前ミルマから仕事について教えてほしいと言われていたな」と呟くのが聞こえた。

……クールガン、それは多分君に会うための口実であって本当に教えてほしいわけではないと思うよ？

ミルマの仕事はバーティア付きの侍女だから、仕事内容はクールガンとはまったく違うし。裏の仕事としてやっている隠密的なことについても、彼女の一家は昔から王家を裏から支えてくれていた一族だから、家族に聞けばいくらでも教えてくれるはずだしね。

――少し前から、徐々に一緒にいることが増えてきたクールガンとミルマ。

私も二人の関係に探りを入れるほど野暮ではないから、今、どのような関係になっているか詳しくはわからない。

けれど、ミルマの恋を応援しているバーティアはさり気なく……したつもりの、直球でミルマに恋の話を振っているようで、多少の話は入ってくる。

基本的に控えめなミルマではあるが、どうやら「自分は存在感が薄いから人よりもしっかりとアピールしないといけない」と思ったらしく、最近では彼女なりに精一杯クールガンに意識してもらおうと頑張っているようだ。

その努力は、クールガンには「仕事を健気に頑張る後輩」という誤った形ではあるものの確かに伝わっているらしく、彼のほうも彼女の頑張りに応える形で相手をしてあげているみたいだ。

先日もミルマのコンプレックスである「存在感の薄さ」に対して、「それは君の武器になる」なんて言葉をプレゼントしたらしく、元々彼に恋しているミルマはさらにその想いを募らせたらしい。

まぁ、私としてもミルマの存在感の薄さは、諜報活動をする上で大きな武器になるだろうと思っているから、是非とも磨いてほしいところだ。

そんな感じで今のところ一方通行な恋という感じの二人ではあるが、最近、クールガンがただの仕事の後輩という以上にミルマを気にかけることが増えてきている。

具体的には、今まで美味しそうなお菓子を見れば、パーティア用に取っておこうかと呟いていた彼が、ミルマの分を確保するようになったり、手が空いている時に自主的に彼女の仕事の様子を見に行ったりする感じだ。

クールガンは元々年下の兄弟が多く、見た目によらず面倒見がいいほうではあったが、数多くいる部下や仕事の後輩に比べても、かなり手厚く相手をしてあげているのは間違いないだろう。

……まぁ、当の本人は無自覚っぽいけどね。

「ん？　今日は皆、早く上がれるのか？　俺も早く上がれるのか？　なら、鍛錬ができるな!!」

クールガンの呟きに内心苦笑していると、中途半端に話を聞いていたらしいバルドが、嬉しそうにニカッと笑う。

バルドは相変わらずブレないね。

「バルド、残念だけど、君は私の護衛だから私がここで仕事をしている間は仕事が続くよ」

「……そうか」

私の言葉に肩を落とすバルド。

しかし、バルドの仕事はあくまで通常業務であり、私が無茶ぶりをした結果ではないから、これは仕方ない。

大体、今日の彼は昼からの勤務だから、他のメンバーと違い、午前中は自由に過ごしていたはずだ。

「ああ、そうだ。皆、この後、恋人をデートに誘うつもりならしばらくここにいるといいよ。多分そのうち……」

「……え？」

私が指定した資料を取りに行こうと歩き出していたチャールズが振り返り、キョトンとした表情を浮かべる。

一瞬遅れて、ネルトとショーンが私のほうを向き、クールガンが何かを予感したように溜息を吐いた。

ちなみに、バルドは自分だけ早く上がれないとわかった時点で、こちらのことに興味を失ったようだ。

ただ、護衛らしく何かの気配に気付いたのか、意識を扉に向けて少し警戒するような素振りを見せた。

――コッコッコッコンッ!!

バルド以外の視線を受けて、私がニッコリと笑みを返すのと、高速のノックが部屋に響くのは同時だった。

バルドが少し警戒しながらわずかに扉を開け、その先にいる人たちを確認する。

「殿下、女性陣が来たぞ」

が、扉の向こうの人物が見知った相手だったことで、一気に警戒を解いて扉を開いた。

……おかしいな。普通、こういう時には、来訪者が誰かを私に伝えて、入室の可否を確認するものなんだけどな。

まぁ、バルドだし仕方ないか。

それに、さすがのバルドも誰に対してもこういう対応をしているわけではないしね。

「殿下、失礼致しますわ!!」

「セ、セシル様ぁぁぁ」

最初に執務室に入ってきたのは、ジョアンナ嬢だった。

その腕には、私の愛しい妻……バーティアの腕がしっかりと確保されており、半ば引っ張られるような形で連れてこられたことが容易に想像できる。

ちなみに、ジョアンナ嬢に抱え込まれていないほうの腕には、クロがキョトンとした表情で抱き付いていた。……あれは、ただバーティアにくっつきたくてくっついているだけで、特に意味はないだろう。

いつものことだ。

「「「失礼致しますわ」」」

続いて入ってきたのは、アンネ嬢、シーリカ嬢、シンシア嬢だ。

バーティアは一人オロオロとしているけれど、他のメンバーは笑顔なのに妙な迫力がある。

「殿下、人払い……は必要なさそうですわね。扉だけ閉めさせていただきますわ」

入室してすぐに部屋の中を見回し、私と側近たちしかいないことを確認したジョアンナ嬢は、ニッコリと笑みを浮かべたまま、スッと片手を上げた。

すると、後ろから付いてきていた他の令嬢たちが心得たとばかりに扉を閉め、鍵をかける。

扉の外には、この部屋を守る護衛が、状況が理解できず困惑した表情のまま立っていた。それ以外にバーティア付きの侍女たちもいたけれど、令嬢たちの行為を咎める者は誰もいなかった。

むしろ、侍女たちに至っては「よくわからないけれど、これで全部お任せできる」とでも言うようなホッとした表情で、閉まる直前に綺麗なお辞儀をしていた。

「ジョアンナ嬢？　それにバーティア様にアンネ嬢たちまで……。え？　何これ？　怖いんだけど」

自分が向かおうとしていた扉から勢いよく入室してきた女性陣に、状況がわからずポカンッとしていたチャールズが、我に返ってボソッと呟く。

若干頬が引き攣《つ》っているように見えるのは、きっと見間違いではないだろう。

「ジョアンナ嬢たちにティアまで。一体どうしたいんだい？　……ああ、チャールズ。心配はいらないよ。仕事に『直接は』関わらない話だから」

頬をピクピクと引き攣《つ》らせながらも笑みを浮かべているジョアンナ嬢を迎え入れつつ、怯えているチャールズにフォローを入れる。

「いや、なんで『一体どうしたんだい？』とか尋ねておいて、仕事とは関係ないって宣言できるんですか？　それ、内容がわかっている前提ですよね？　それに、さっきの口ぶりだと、女性陣がここに来ることも、わかってましたよね!?」

「わかってはないよ。予測していただけで。ここに彼女たちが来た理由も推測でしかないしね」

どうやら、私のフォローはお気に召さなかったらしく、チャールズが子犬のようにキャンキャンと私に噛みついてくる。

君、上級貴族なんだからそんな風にキャンキャン吠えちゃいけないよ。

ちゃんと躾《しつけ》が行き届いた犬のように、吠えるべき場所だけ吠えないとね。

「セシル殿下、ここに私たちが来ることを予測なさっていたのなら、私たちが言いたいこともわかりますわよね？」

笑顔にさらに圧を込めてくるジョアンナ嬢。

それに対して私は「さぁ？」と首を傾げてみせる。

「……白々しい！　セシル殿下、来週からバーティア様と一緒に精霊界に出かけるとは一体どういうことですの⁉」

笑顔を取り繕《つくろ》うのをやめて、ジョアンナ嬢がギッと私を睨んでくる。

常にないジョアンナ嬢の剣幕に、捕獲されているバーティアの体がビクッと跳ねた。

それと同時に、男性陣がギョッとした様子で一斉に私を見る。

やれやれ。たかが精霊界に旅行に行くというだけで、何をそんなに慌てているのかな。

「ジョアンナ嬢、君らしくもない。落ち着いたらどうだい？　ティアが怯えているじゃないか」

「だまらっしゃ……お黙りください！　久々にお友達同士で集まれたお茶会で、なんの気なしにバーティア様に『来週からのお出かけはどこに行かれますの？』とお聞きしたら、『クロたちの実家のある精霊界ですわ！』と暢気《のんき》に答えられた時の私たちの気持ちが殿下にわかりまして⁉　思わず、飲みかけていたお茶を噴き出してしまいそうになりましたわよ‼」

……ジョアンナ嬢、さすがに王太子に対して『だまらっしゃい』は駄目だと思うよ？　それに、言い換えても意味はほぼ変わってないからね？

それに、「噴き出しそうになった」なら、実際に噴き出してはいないんだからいいじゃないか。

「ちょっ、ちょっと、待って！　殿下、来週からのお出かけって、精霊界ってどういうことですか⁉　俺たち、何も聞いてないんですけど⁉」

ジョアンナ嬢に返事をしようとしたら、それより早くチャールズが喚き始める。

それに合わせるように、私の側近たちも驚きに目を見開き、互いの顔を見て確認するように頷き合っている。

「それはまぁ、言っていないからね」

ジョアンナ嬢たちにはバーティアの仕事を調整してもらう関係で、少し前にしばらく出かけることは伝えておいた。

表向きはバーティアの実家であるノーチェス侯爵家に行くことにしてあるけれど、私用でバーティアと一緒にこっそりと出かけるのだと話したら、彼女たちは夫婦水入らずの旅行だと思ったらしい。

私たちがこっそりと出かけることはくれぐれも内密にするように釘を刺しておいたから、彼女たちも人目のあるところでは話を聞くことができず、今日友人同士の私的なお茶会をするまで話題に出せずにいたのだろう。

そして、今日のお茶会で人払いをして、気兼ねなく話ができるようにしてから、やっとバーティアに話を聞いた結果、行き先が精霊界であることを知ったに違いない。

ちなみに、チャールズたちには……そのうち知ることになるかなと思って私からは特に何も言っていない。

私のほうは、仕事のスケジュール管理も割り振りも、私が主にやっているから、自分で調整すれば問題ないしね。

ただ、私たちが結婚してから、新婚旅行やリソーナ王女の結婚式出席などで城を空けることが多く、彼らに負担がかかっているのはわかっていた。だから、精霊界行きが決まってからはせめて私がここにいる間はと思い、彼らの仕事量を減らしておいたけど。

「さっきの、自分がいる間は俺たちを労《ねぎら》う的な言葉は一体……あっ！　だから『いる間は』って言ってたんですね⁉　やっぱり罠《わな》だったたぁぁぁ‼」

チャールズが頭を抱えてしゃがみ込む。

そんな彼の肩に、私はソッと手を置いた。

「チャールズ、罠《わな》というのは嵌《は》めるものだ。つまり、嵌《は》まらない可能性もある。でもこれは、君たちがどんなことをしても変わらない未来、要するに決定事項だ。だから罠《わな》とは言わないんだよ？」

満面の笑みで伝えると、チャールズは愕然《がくぜん》とした後、頭を掻きむしった。

「屁理屈だぁぁ‼　じゃあ、なんでもっと早く言っておいてくれなかったんですか⁉　そうしたら心構えだってできるじゃないですか‼」

チャールズの訴えに、その場にいた全員が私に視線を向ける。

皆が非難するような目をしているけれど、バーティアだけは何をどうすればいいのかわからず、オロオロしている。

もしかしたら、状況自体が未だに呑み込めていないのかもしれない。

「それは……少し前に、ティアが友人にサプライズをしたら喜ばれたと言っていたから、たまには私もしてみようかなと思ってね。ちょっとした遊び心だよ」

「バーティア様の心の籠《こも》った優しくて可愛いサプライズとそれを一緒にしないでくださいませ!!」

「殿下、それは遊び心ではなく、人で遊ぼうとしただけですよね!?」

ジョアンナ嬢とチャールズが同時に叫ぶ。

うん、チャールズの主張は間違ってないよ。

すべてが明らかになった時の君たちの反応が見たくて、わざと黙っていたからね。

反応としては……おおむね予想通りかな。

チャールズはキャンキャンと文句を口にして、クールガンは淡々と受け入れる。

ショーンは驚きつつも、私のいない間自分は大丈夫かと不安がり、ネルトはどこか諦めたような目をしている。

バルドは……特に変わらない。

まだ状況が掴めていない様子で「ん？　どうした？」と首を傾げている。

できれば、彼らにもバーティアのように……とまでは言わないけれど、もう少しバラエティに富んだ反応をしてほしかったな。

「まぁ、でも、早めに知っていても知らなくても、やることもスケジュールも変わらないし、大丈夫だよ。私が不在の時の仕事の割り振りはこちらで既に決めてあるし、私たちが出かける日までは君たちがゆっくりできるように仕事量も減らす形で調整してある。さすがの私も、こうちょこちょこと城を空けることに申し訳なさを感じるからね」

「全然違いますから!!　それがわかっていたら、仕事が少ない理由がなんなのかわからず戦々恐々としてなんかいないで、思いっきり自由な時間を堪能してましたから!!　……ああ、なんでもっと早く『早く帰れるなら何も気にせず思いっきりプライベートを堪能してやろう』って割り切って、アンネ嬢とデート三昧《ざんまい》しなかったんだ、俺は……」

再び俯《うつむ》いてしまったチャールズにアンネ嬢が近付き、「残された時間を楽しみましょう」と慰めるように声をかける。

うん。アンネ嬢はチャールズにはもったいないくらい、いい女性だね。

まぁ、私のパーティアには敵わないけどね。

「私のことをちゃんと信用しないから、こういうことになるんだよ」

「それは殿下の日頃の行いのせいですよね!!」

「ん?　なんのことかな?」

落ち込みつつも律儀に私の言葉に反応を返すチャールズにニッコリと微笑むと、彼は再びガックリとうなだれた。

そんな彼を周囲は気の毒そうに見つめている。

まぁ、男性陣は若干チャールズ同様にガックリしている感じもするけれど。

「さて、じゃあ、皆揃ったところで、今後のことについて話そうか」

会話が一段落したところでパンッと手を打つと、皆は少し恨みがましそうな視線を私に向けつつも、渋々席に着き始める。

私の執務室は何かと人が集まるから、私の側近やバーティアの友人が全員集まっても座れるだけの席がある。

未だにオロオロとしているバーティアを手招きし、ゼノに椅子を用意させて私の隣に座らせる。

私は執務机に座り、その隣にバーティア、接客時に使う応接セットのソファーに女性陣とショーン、チャールズ、ネルト。バルドは護衛中だから扉の脇に立ったまま。クールガンは私の執務を手伝う時に使う、自分用の仕事机にそのまま座っている状態だ。

今回の話の中心になるゼノとクロは、バーティアの斜め後ろに立ち、少々気まずそうな顔をしている。

あ、気まずそうな顔をしているのはゼノだけだったね。クロはどこか機嫌良さそうに尻尾を振っている。

「ああ、チャールズ。仕事はさっき言った通りだから、もうあれだけでやって帰っても……」

「この状況で、はいそうですかって帰れると本当に思いますか!?」

「……まぁ、無理だろうね」

少し冗談を言ったらジトッと睨まれた。

王太子に向ける視線ではないけれど……まぁ、予想通りの反応だから特に何か言う気はない。あんまりからかいすぎるのも良くないし。

「冗談はさておき。女性陣は既にティアから話を聞いているみたいだけど、私たちは来週からクロとゼノの里帰りについていくことになったから。目的としては、クロとゼノはお互いの両親に結婚の挨拶をしに行くこと。私たちはついでについていって彼らの契約者として挨拶してくる予定だよ」

要点をまとめて話すと、私とパーティアの側近兼友人たちはなんとも言いがたい表情を浮かべる。

今言った目的以外にも、折角行ったことがない場所に行くのだから、あちこち見て回れたらいいなと思っているけれど、わざわざ言う必要はないだろう。

「セシル殿下、まるで普通に友人の里帰りについていくみたいな言い方をされていますけれど、クロとゼノはその……精霊なんですわよね？　そして、精霊のお二人の実家ということは当然行かれるのは精霊界なのですわよね？」

微妙な空気が流れる中、ジョアンナ嬢が確認するように尋ねてくる。

ちなみに、ゼノとクロが精霊であることは、既にここにいるメンバーには伝えてある。

学生の間は黙っていたが、これから先、私たち夫婦のフォローをしていくであろう彼らには、私たちに契約精霊がいることを知っておいてもらったほうが色々と好都合だったから、私の卒業式を機に話しておいたのだ。

最初は驚いていた彼らだけれど、卒業式に光の精霊であるピーちゃんが暴れた現場を見ていることもあって、意外とすんなりとその存在を受け入れた。私の側近たちやバーティアの友人たちは将来、国の中枢を担っていく者たちであるため、国の中でも一部の人間にしか伝えられていない精霊について、事前に教えられていたしね。

……まぁ、話した時に「お二人ですもんね。精霊の一人や二人、契約してそうですよね」と諦観《ていかん》にも似た視線を向けられたけど。

今では、精霊、人間という枠組みに囚われず、お互いに協力しながら私たち夫婦を支えてくれている。

この辺は、多分クロもゼノもあんまり精霊っぽい感じがしないことも影響していると思う。常日頃、彼らはメイドと侍従に擬態して過ごしており、わかりやすい形で精霊の力を誇示するようなこともなかった。

要するに、ずっと精霊の力にほぼ頼らずに生活していたため、それが身に付いており、「精霊なんだ」と感じさせる言動は日常生活の中ではほとんどないのだ。

そんな精霊らしさを感じさせない生活を送っている彼らを見て、いつまでも「精霊なんだ」と意識して接し続けることは難しい。それに彼らが精霊であることを意識してしまうと、それによりバレやすくなってしまうため、好ましくない。

だから私の側近も、バーティアの友人も、ゼノやクロを精霊として意識せず接するように自然となっていったのだ。

「ああ、もちろんだよ。二人は精霊で、私たちが行くのは精霊界だ」

「……バーティア様に危険はありませんの？」

チラッとクロとゼノを見つつ、ジョアンナ嬢が神妙な顔で尋ねてくる。

きっと精霊界という未知の場所に行くことを案じているのだろう。

その気持ちはわからなくもないからいいんだけど、なんでそこで敢《あ》えてバーティアだけの心配をするのかな？　私も一緒に行くって知っているよね？

「確かに、精霊の力は人が立ち向かえるようなものではないからね。怒らせれば危険もあるだろうけれど……普通にしていれば大丈夫だよ。……そうだろう、ゼノ？」

私が話を振ると、ゼノが頷く。

「今回は、入国の際に私の伯父である精霊王のところに寄って許可をもらう予定なので、大丈夫です。その許可があれば、他の精霊は基本的に手出しできませんから。それに、私も一応精霊王の血筋の高位精霊で、クロも闇の高位精霊……しかも、どうやら闇の王の娘らしいので」

「えぇ⁉　クロは闇の王様の娘……お姫様だったんですの⁉」

私たちのやり取りを珍しく静かに聞いていたバーティアが、驚きの声を上げる。

他のメンバーも多かれ少なかれ驚いた様子でクロに視線を向けている。

私は……なんとなくそうかなと思っていたため、あまり驚くことはなかった。

「――♪」

皆の視線が自分に向けられたのを感じたクロは、腰に手を当てて得意げな表情でブンッと一度尻尾を振った。

多分、言葉にすれば「どうだ！　凄いだろ！」といった感じだろう。

偉ぶりたいというよりは、ノリでやっているね。

「そういえば、精霊界について今まであまり詳しく聞いたことがなかったね。ついでだから、その精霊王や闇の王たちの立場、関係性について説明してもらってもいいかい？」

はっきり言って、クロがバーティアを自分の里帰りに連れていきたいと言った時点で、私はこの精霊界行きについてそこまで心配していない。

バーティア大好きなクロが、バーティアを危険な場所に連れていこうとするわけがないからだ。

……まぁ、時々予想外の行動を取ることがあるバーティアが暴走しないかという心配はあるけどね。

その心配は、精霊界に限らず、どこにいても起こりうる類《たぐい》のものだから仕方ない。

それに、私がついていく以上、いくらでもフォローはできるから問題ない。

「……っ！　……っ。……っ!!」

「………ねぇ、クロ。この説明は私にさせてくれるかな？　さすがに身振り手振りだけじゃ、細かな部分まで伝えるのは大変だろう？」

私が説明を頼んだことに対して、「仕方ないわね」といった感じを出しつつも意気揚々《いきようよう》と身振り手振りで説明し始めるクロ。それにゼノが苦笑いを浮かべ、ストップをかける。

クロは「え〜」と不満そうな表情になったけれど、説明し始めの段階で意外と伝えるのが大変そうだというのは感じたらしく、潔《いさぎよ》く説明役をゼノに譲ってバーティアのところに行き、膝の上に座ってゼノの話を聞く態勢になった。

バーティアも慣れたもので、笑顔でそれを受け入れて「お姫様なんて知りませんでしたわ！　凄いですわね」とクロに話しかけている。

「それでは私のほうから説明させていただきますね。あ、一応精霊についての情報は人間界では広めないでくださいね。時々鬱陶《うっとう》しい人間が現れたり、そういうのに弱い精霊がいいように使われてしまったりすることがあるので」

ここにいるメンバーはそのことを重々承知しているが、一応念のためとでもいうように前置きしてからゼノが説明を始めた。

ゼノの話によると、精霊界はすべての精霊の王である精霊王の他に、火、水、風、土、光、闇のそれぞれの属性の王がいて、各々が自分の領域を治めているらしい。

おそらく私たちの国でいうと、精霊王が国王で、各属性の王が領主のような感じなのだろう。

ちなみに、精霊王は『調和』を司っており、精霊の中で唯一、すべての属性の力を持っている。

また、精霊王の一族もその『調和』の力を大なり小なり持っていて、全属性とまではいかないが、複数の属性を持っているようだ。

それ以外の精霊は、必ず一つの属性になるらしい。

「え？　それでしたら、精霊王の一族以外の精霊が他の属性と結婚したら、その子供はどうなりますの？」

バーティアが首を傾げながら尋ねる。

他のメンバーは、精霊というものが存在することは知っていても、自分たちとはかけ離れた存在のせいかイメージがしづらいらしく、ゼノの説明をなんとか理解しようと必死に頭を回転させている。

……きっと、バーティアが精霊や精霊界という存在をすんなりと理解できているのは、彼女の前世の知識が手助けしているからだろうな。

「その場合はどちらかの属性に偏《かたよ》ります。多少性質のようなものを受け継ぐことはありますが、属性は必ず一つです」

精霊とは、自然の力そのもののような存在だ。

人間のように、父と母の血を受け継いで子供が生まれてくるのではなく、父母の『力』が合わさり、そこに新たな人格が生まれたという感じなのだろう。

そして、その受け継いだ力は、生まれた子の適性によって両親のうちのどちらかの属性に振り分けられる。きっとそういうイメージなのだと思う。

さらに、ゼノの話によれば、精霊とは力そのものであるため、親がいなくても自然の中で一定以上の力が集まれば低位の精霊が生まれることもある。一方で、低位の、力の弱い精霊同士ではなかなか子が生まれないらしい。

おそらく、『乙女ゲーム』のヒロインだったヒローニア元男爵令嬢と共にいた光の精霊——ピーちゃんは、自然から生まれたタイプの精霊だったのだと思う。

親を持たず、自然から力を得て一人で成長した故か、ピーちゃんはゼノやクロに比べてどこか無知というか危うさのようなものが感じられた。

……ああ、なるほど。

弱い精霊——低位の精霊は、自然から生まれたものが多い。

だからピーちゃんのように、よく言えば無垢《むく》、悪く言えば無知なものが多く、悪い人間に利用されやすいのだろうな。

否。ピーちゃんは自然から生まれた精霊の中でも、高位精霊まで成長できた精霊だ。

生まれたばかりの幼い精霊なら、ピーちゃんよりもずっと騙《だま》され利用される危険が高いだろう。

そう考えると、精霊という存在を秘匿することが、彼らを守る上でどれほど大切なのか、よくわかるね。

「それでしたら、精霊王の一族であるゼノの実家には精霊王の一族だけ、クロの実家のある闇の精霊の領域には闇の精霊だけしかいませんの？」

バーティアが少し残念そうな表情で尋ねる。

きっと、色々な属性の精霊と会ってみたいのだろう。

「いいえ、そういうわけではありません。私の実家がある精霊王の領域は『調和』の力が満ちた場所なので、どの属性の精霊もそれなりに居心地がいいですし、精霊王の城もあるのでそこで働く精霊たちも大勢います。あくまで精霊王の一族が治めているというだけで、色々な属性の精霊が集まっていますよ」

ゼノが笑みを浮かべて答える。

バーティアがどの属性の精霊に対しても好意的であることが嬉しいのか、その表情はとても柔らかい。

「各属性の王が治める領域に関しても、各属性の力が多く満ちているため、同じ属性の精霊が好んで住む傾向はありますが、その精霊しかいないということはありません。伴侶のいる領域に住むために違う領域から引っ越すこともありますし、属性は違っても領域の雰囲気が気に入って住んでいる精霊もいます」

つまり、闇の王の治める闇の領域は闇の力が多く満ちているけれど、だからといって違う属性……たとえば水の精霊や土の精霊がそこに住んでいないというわけではないということか。

よく考えてみれば、それも当然かもしれない。

さっきの話でいえば、たとえ子供が両親のどちらかの属性になったとしても、もう一方の親の属性に対して拒否感が出るわけではないだろう。

いや、それ以前の問題として、もし自分の属性の領域にしか住めないのであれば、折角伴侶を得たとしても、属性が違う場合は、精霊界で一緒にいられるのは『調和』の特性のある精霊王の領域だけになってしまう。

そもそも、精霊におおまかな属性の分類はあっても、実際の精霊の特性はそこからさらに枝分かれしていく。

光の精霊といっても、太陽の精霊と月の精霊ではその性質がまったく異なる。

おそらく、月の精霊ならば光の属性だけでなく闇の属性も好むだろう。

土の精霊だって、岩や鉱物の精霊と、土から派生した植物の精霊ではまったく性質が異なってくる。

要するに、属性自体は明確に分けられたとしても、精霊ごとに好むものも性質も異なっていて、それが個性や司るものの違いに反映されるということだろう。

「……」

そんなことを考えながらゼノの話を聞いていると、クロがバーティアの膝に座ったまま手を伸ばして、ツンツンとゼノの服を引っ張る。

「え？　どうしたんだい、クロ？　ああ、それは……」

ゼノが視線を向けたところで、クロがフルフルと首を振った。

それを見て、ゼノが苦笑する。

「どうしたんですの？」

ゼノとクロ、二人にしかわからないやり取りにバーティアが首を傾げる。

「いえ、闇の精霊は比較的自分たちの領域に籠《こも》る者が多くて……。他属性の領域に比べると、自属性の精霊が占める比率が高いんですよ。なので、闇の領域ではバーティア様が考えるほど、他の属性の精霊に会えないかもしれないと心配しているようです」

「まぁ！　クロ、そんなことまで心配してくださいましたの？　私はいつもお世話になっているクロやゼノのご家族にご挨拶させてもらえるだけで嬉しいですわ!!」

バーティアが安心させるように笑みを浮かべ、クロの頭をソッと撫でる。

クロはバーティアに身を任せて心地よさそうに目を細めた。

そんな二人の様子を見て、場に和やかな空気が流れる。

「さて、精霊や精霊界について、おおまかなことはわかったかな？　ひとまず、精霊界と人間界の関係も今のところ悪くはないし、今回は事前に精霊王に協力してもらう手配もしてある。何より、クロとゼノがいれば、滅多なことにはならないはずだから心配いらないよ」

私たちが未知の世界に行くのは確かだから、心配がゼロになることはないだろうけれど、ゼノの説明を聞いて一応は納得してくれたようだ。

その後、側近兼友人たちは、私とバーティアが不在の間の対応へと話題を移行させていく。

私のほうで事前に準備はしておいたから、そちらも細かな部分を多少詰める程度で特に問題はなさそうだ。

うん、優秀な人間が私たちに力を貸してくれる。

これはとてもありがたいことだね。

諦めたような目をしたクールガンや頭を掻きむしるチャールズ、扇でバシバシと机を叩きながら私を睨……見てくるジョアンナ嬢を眺めながら、私はそんなことを思った。

三　バーティア、精霊界出発。

「……無事に行ったみたいだね」

執務室の窓から、遠くに見える馬車と護衛の騎士の列を眺め、呟く。

あの馬車には、私とバーティアに変装したクールガンとミルマが乗っている。

「あ～あ、可哀想に。クールガンもミルマも緊張で顔を青くしていたよ」

私の呟きに、一緒に執務室にいたチャールズがどこか非難めいた口調で言う。

今日は私とバーティアが精霊界へ出かける日だ。

精霊に関しては一部の人間を除いて秘密ということになっているため、当然私たちが精霊界に行くことは公《おおやけ》にできない。

しかし、王太子夫妻が理由もわからず所在不明なんて事件以外の何ものでもないため、その間私たちはバーティアの実家であるノーチェス侯爵邸に滞在していることにさせてもらった。

……娘大好きなノーチェス侯爵には、「今回バーティアが家に来ていることにしたら、一回バーティアが帰ってこられる機会が減ってしまうじゃないか」と文句を言われたけど、そこはバーティアに頼み込んでもらうことでなんとか納得してもらった。

まぁ、ノーチェス侯爵も転んでもただでは起きない質《たち》だから、バーティアの上目遣いのお願いに渋々折れつつも、バーティアが大切にしている弟のアネスが寂しがると呟くことで、反対にノーチェス侯爵一家が王城に泊まりに来るという約束を取りつけていたけれど。

それについては、泊まらせてもらったお礼に招くという形をとれば問題ないし、実家の家族と共に過ごす時間は可愛い妻の幸せにも繋がるから私に異存はない。

そんなこんなで、ノーチェス侯爵の協力によって無事に留守中のアリバイを作れることになったんだけれど、問題はその行き来の時だ。

私たちがノーチェス侯爵邸にいないということがバレないようにするためには、周りにいる人間をなるべく減らし、信頼のおける人間だけにする必要がある。

その点、ノーチェス侯爵邸内は、ノーチェス侯爵や侯爵夫人の目がしっかりと行き届いていて安全だ。

どれくらいしっかりしているかというと……バーティアが今までに家の中で行ってきた様々なやらかしエピソードが、周囲には一切バレていないくらいにはしっかりしている。

え？　私にはバレていたって？　そこはまぁ、私も婚約者のことだからちゃんと知っておきたかったし、『おつかい』に頑張ってもらったからね。

これでも結構苦労しているんだよ。……『おつかい』がね。

とにかく、ノーチェス侯爵邸に滞在している間については問題ない。

あの家の使用人たちも、バーティアと私とでお忍び旅行に行くことになったと伝えたら、喜んで協力してくれることになったし。

けれど、ノーチェス侯爵邸に行き来する際は別だ。王家から護衛や移動中の面倒を見る使用人を出さなければいけない。その場合、多くの人が関わってくるため、情報を管理しきれない。

さすがに許可なく馬車の中を覗いてくる人間はいないだろうけれど、乗り降りの時には確実に大勢の人間が私たちの姿を目撃することになる。

そこをいかに誤魔化して、私たちがあたかも馬車を乗り降りして王宮からノーチェス侯爵邸に入ったかのように見せかけるかが重要になってくる。

「他に適任がいないんだから仕方ないだろう？　彼らが一番変装に慣れているし……ミルマのあの存在感の薄さは、人の印象に残りにくい分、偽者だと気付かれにくいしね」

「存在感の薄いバーティア様とか、反対に違和感が凄いのですが……」

「それは……まぁね」

チャールズの的確な指摘に、思わず苦笑いを浮かべる。

バーティアのことをよく知っている私たちからすれば、あの常に人を巻き込……惹きつける存在であるバーティアの存在感が薄いというのは、確かに違和感がある。

ただ、今回、人目に晒されるのは馬車の乗り降りの間というほんの短時間だし、尚且《なおか》つ周囲を彼女の友人たち、私の側近たちで囲み、楽しそうに話しながら移動している状態を作ったから、きっと大丈夫だ。

ちなみに、ノーチェス侯爵邸に着いてからは、彼女の家族や彼女を慕う使用人たちが大歓迎して取り囲むという形で屋敷に入っていく手はずになっている。

馬車の一番近くを護衛する人間たちは口が堅い者を厳選し、事前にお忍び旅行に行くという表向きの事情を話して協力を求めているから、その点も大丈夫だろう。

「いっそ、お二人でノーチェス侯爵邸に行って、そこから精霊界に行くとかできなかったんですか？」

「できなくはないみたいだけど、王宮内に一応精霊界に繋がる扉があるからね。それを使ったほうがゼノたちの負担が少なくて安全らしいんだよ」

かなり昔、人間の王と精霊王とが約定を結んだ際に、王家主導で、精霊の保護と、精霊についての情報制限を行った。同時に精霊王がこの王宮内に精霊王の領域と繋がる扉を作ったらしい。

精霊王の領域に繋がる扉といっても、人間の力では開けることができず、高位精霊が行き来する時に使うか、精霊王に用事がある時に、ノックして呼び出すために使うことくらいしかできない代物だ。

「そんなのがあるんですね。それは確かに王宮から行ったほうがいいですね」

「精霊たちは、自分の属性の領域にだったら問題なく行き来できるらしいんだけど、今回は私たちも連れていくことになるからね。ちょっと負担が大きいらしくて。別の場所から行くと百メートルを全力疾走した後くらいの疲労感があるみたいなんだよ。あと、連れていってもらう私たちも移動時に少し酔いやすくなるらしいよ」

「……殿下、多分クールガンもミルマもそれをフォローしている皆も、百メートルの全力疾走以上の疲労を感じていますよ？　あと、殿下って今まで馬車で酔ったこと、ないですよね？」

「そうだね。でも、彼らは頑張り屋だから大丈夫だよ。それに、馬車では酔わなくても精霊の力で別の世界に転移したら酔うかもしれないだろう？　そこは未知だからね。念のため安全策を取ろうかと思って。ちなみに、一度ノーチェス侯爵邸に行ってから戻ってくるっていうのも、見つかるリスクが高くなるからやらないほうがいいだろうしね」

ニッコリと笑顔で言うと、チャールズは何か言いたげな表情をしつつも肩を竦めるだけにとどめた。

「あ、そうだ。精霊王の領域に繋がる扉が王宮内にあることは直系の王族だけに引き継がれる極秘情報だから、内緒にしてね」

「ちょっ！　なんて情報をサラッと口にしてくれてやがってるんですか⁉」

「チャールズ、言葉が乱れているよ」

「今はそんなことを言っている場合じゃ……あぁもう‼　聞いちゃったからには墓場まで持っていくしかないってことですよね。わかりましたよ」

うなだれるチャールズの肩をポンポンと叩くと、恨みがましい視線を向けられた。

確かに口を滑らせたら大変なことになる極秘情報は、持っているだけで疲れるからね。

でも、私もバーティアも高位精霊と契約している身だ。

今後、精霊関連のトラブルが生じる可能性もなくはない。

基本的に何かあった際には私が動くつもりだけれど、万が一、私が身動きできない時に備えて他にも対処できる人間がいたほうがいい。

父上ならきっと上手くやってくれるだろうけれど、できれば国王として忙しい父上よりももっと身近にそういう人間を作っておきたい。

そう考えた時に、候補として挙げられるのは、同じ王族である弟のショーンか、このチャールズになるんだけど……ショーンは以前よりは良くなったが、まだ頼りない面が目立つ。

そのフォローをジョアンナ嬢がしてくれているため、実際に動いてもらう場面になったらジョアンナ嬢にも情報を伝えないといけなくなる。

それなら最初から一人で考えて判断できるチャールズに任せたほうがいいだろう。

まぁ、今回伝えたのは、何事もなければこれから先も使われることのない情報だ。

それこそ、チャールズが言うように墓場まで持っていくようなね。

「どうしても必要な時には使っていいけれど……私はチャールズのことを信頼しているからね」

「……なぜか『信頼』って言葉が脅し文句に聞こえるんですけど!?」

「それは気のせいだよ」

「ハハハッ」と声を出して笑うと、チャールズが渋い顔になる。

まったく。信頼しているっていう言葉は、本心からのものなのにな。

以前は人に興味がなさすぎて信頼するどころか相手の本質を見ようとすらしていなかった私の『信頼』だよ？　意外と重い意味があると思うんだけどね。

もちろん、そんなことをわざわざ口に出す気はないけど。

「さて、そろそろ私たちも動こうか」

ゼノとクロは、先に精霊王の領域に繋がる扉がある場所へ行っている。

久しぶりに使うから、問題なく使えるか確認をしておいてくれるそうだ。

「留守中のこと、頼んだよ」

「はぁぁぁ……。仕事なんで仕方なく、仕方なく！　頑張りますよ」

わざとらしく大きな溜息を吐きながらも、チャールズが頷く。

そんな彼に、私もわざとらしく口の端を上げ、視線を向けた。

「……ねぇ、チャールズ。君のお兄さん、最近派手にやらかしているみたいだね」

「……」

チャールズの眉間に皺《しわ》が寄る。

言葉の意図を探るような視線が私に向けられた。

警戒心剥《む》き出しなそれに、私は満面の笑みを返す。

「近々、私の力を借りたくなるようなことがあるかもしれないね。……今のうちに点数を稼いでおいたほうがいいんじゃない？」

「っ!!」

チャールズの目が驚いたように見開かれ、何か言いたげに私を指差して口をパクパクと開けたり閉じたりを繰り返す。

それから、ガクッとうなだれた。

「相変わらず、すべてお見通しってやつですか」

「すべてかどうかはわからないけれど、自分の身近な人間の周りの動向くらいは観察しているよ」

当然のこととして告げると、チャールズの頬がわずかに引き攣《っ》る。

「ちょっと怖いんですけど」

「王侯貴族の世界は、どうしてもそういうことが必要になるからね。君だってそれなりにやっているだろう？」

王侯貴族の世界で生きる以上、情報収集は必須だ。

特に自分の身の回り、側近に関することについては事細かに調べ上げておかないと何かあった時にあっという間に足をすくわれる。

チャールズたちやジョアンナ嬢たちにその気がなくても、彼らの大切な人が人質に取られて……とか、弱みを握られて仕方なく……なんてことはこの世界ではよくあることなのだ。

もちろん、私の周りもバーティアの周りも、優秀な者たちで固めてあるから、滅多にそういうことはないだろうけれど、彼らの優秀さに胡坐《あぐら》を掻いて情報収集を怠《おこた》るなんて愚の骨頂と言えるだろう。

そうでなくとも、優秀で大切な仲間だ。「信用している」なんて言葉だけでなく、何かあった時にすぐに手を貸せるだけの情報を集めておくことが彼らの身を守ることにもなるのだ。

「わかってます。わかってますけどね!!」

半ばやけくそのように言って口を尖らせるチャールズ。

言葉ほど、怖さも不快さも感じてはいなそうだ。

多分、誰にも言っていないことを知られていて驚いたという程度なのだろう。

これくらいのこと、貴族間ではよくあるからね。

「そろそろ動くつもりなんだろう?」

「……まだ決めてはいませんし、父上がどうお考えになるかにもよりますけどね。ただ……」

「ただ?」

「殿下がバーティア様を想うように、私もアンネ嬢を想っています。より幸せにしてあげたいと願ってしまうのは仕方のないことでしょう?」

口では決めかねていると言いつつも、既に決意をしているような口ぶりで告げ、ニヤッと笑うチャールズに、私も頷きを返す。

チャールズは、一見言動が軽く見えるが、一度決めたことを貫くだけの強さを持っている。

そうでなければ、兄の婚約者候補を奪い取るなんて真似はなせることではない。いくらバーティアの後押しと私の助力があったといってもね。

そして、私は彼のそんなところを意外と気に入っている。

「それは……確かに仕方のないことだね」

私も、私の妻であるバーティアの幸せを一番に考えている。

だからこそ、チャールズの気持ちはよくわかる。

元々必要であれば協力をするつもりではあったけれど、そんなことを言われたらより肩入れしてあげたくなってしまうじゃないか。

でも、きっとそれでいい。

チャールズは自分さえ良ければ他はどうでもいいという人間ではない。

どちらかといえば協調性を重んじるタイプだし、必要な自制はきっちりできる。

能力的にも優秀だから、下手なことはしない。

もちろん、自分の大切なものが奪われそうになったり傷付けられそうになったりすれば、全力で抵抗はするだろうけれど、自分自身の願望のためだけに人を傷付けたり奪い取ったりはしない。

最小限の労力と被害で、最大限の利益を得られるように虎視眈々《こしたんたん》とチャンスを待つタイプだ。

そんな彼が動くのなら、きっと悪いことにはならないだろうからね。

「さて、ティアを迎えに行くよ」

今、この城には私もバーティアもいないことになっている。

精霊王の領域に繋がる扉に向かう際に余計な人間に姿を見られないように、移動時の通路には協力者のみを配置し、それ以外の者は適当に理由をつけて人払いしてある。

それでも、のんびりしていると、私たちが王宮にいるのを協力者以外の者に見られる可能性が上がるからね。見られたのが、変装したクールガンたちが出発した直後なら、見かけたのは『私たちがまだ出る前だった』と認識をすり替えることができるけれど、時間が経ってからでは誤魔化しにくくなる。

バレにくくするためには、なるべく早く王宮を立ち去ることだ。

「先導は頼むね」

「了解しました」

そう言うとチャールズは大仰な仕草で一礼し、ニッと笑って扉に向かっていく。

チャールズがここに一人残った理由は、私が精霊王の領域に繋がる扉に向かう際に、先導して邪魔な人間がそこにいたら適当に理由をつけて遠ざけるためだ。

執務室を出て、自然な動きで周囲を確認したチャールズがこちらを振り向き、小さく頷く。それを確認した後、私も執務室を出た。

さて、バーティアは静かに待てているかな？

＊＊＊

――コンコンッ。

「ティア、用意はできている？」

軽くノックをして声をかけると、恐る恐るといった感じでバーティアの部屋の扉が開き、中から深紅の髪の愛しい妻の顔……ではなく、仮面が現れた。

……これ、一部の貴族がこっそりと行っている仮面舞踏会とかで使われるものだよね？

なぜ、こんなものを身につけているのかな？

「……ティア、その仮面は一体？」

「セ、セシル様！　なぜ素顔のままなんですの⁉　私たちは今このお城にいないことになっていますのよ‼　顔を隠さないといけませんわ‼」

仮面をつけたまま周囲をキョロキョロと見回すバーティア。

うん。明らかに不審者だよね。逆に目立っちゃうからね？

「バーティア様、廊下で話されるのは目立ちますし、ひとまず中に入っていただいてはいかがでしょうか？」

さて、どこから突っ込もうかなと思っていたら、バーティアの後ろから苦笑いを浮かべたシンシア嬢が顔を出した。

さらにその後ろには、頭痛を耐えるかのように額に手を当てているシーリカ嬢の姿もあった。

どうやら、変装したクールガンたちを見送った後、急いでここまで戻ってきてくれたようだ。

……バーティアのこの様子を見たら、確かに長時間一人で待たせるのは不安になるよね。正しい判断だと思うよ。

「そ、そうですわ!! 早く中に入ってくださいませ!!」

先導してくれていたチャールズも含めて、バーティアの部屋に素早く入る。

パタンッと部屋の扉が閉まった瞬間、バーティアが「ふぅぅ……」と安堵の息を吐いた。

「もう、セシル様ったら不用心ですわよ!! 折角ミルマたちに協力してもらって、私たちがいない間のアリバイ工作をしたのに、私たちが見つかったら元も子もないのですわ!! 変装の必須アイテムである『サングラス』……は探しても見つからなかったですけれど、やはりある程度顔を隠せるものは必要なのですわ!!」

バーティアが腰に手を当てて私に説教をしてくる。

……でもね、バーティア。仮にその『サングラス』があったとしても、多分それは君の前世の世界で普及していたものだから、この世界では目新しいものとして逆に目立ってしまうんだよ?

そして、仮面舞踏会でもないのに仮面をつけていることもね。

それだったら、まだ髪の色を染めるとか顔が見えにくい帽子をかぶるとか、侍女の格好をするとかのほうがましだったと思うよ？

まぁ、それ以前の問題として、王宮内の、それも王族のプライベートスペースに見慣れない人物がいる時点で怪しまれてしまうんだけどね。

「……大丈夫だよ、ティア。私たちが精霊王の領域へ移動するこの時間帯は、周辺を協力者だけで固めて、他の人が来ないようにしているからね」

「えっ⁉　そうなんですの⁉　私、見つかってはいけないと思い、さっきまで机の下に隠れていましたわ‼」

バーティアが驚いたように目を見開く。

シンシア嬢がボソッと「応接用のテーブルの下でしたので、変装したクールガン様たちのお見送りを終えて戻ったらすぐに見つけられましたわ」と呟く。

ねぇ、シンシア嬢。君、絶対に私を笑わせようとしているよね？

それにしても、応接用のテーブルの下か。

来客を迎えるための場所だから、部屋に入ってすぐのところに設置されているし、テーブルの下は机の脚が四本あるだけで目隠しになるものは一切ないよね？　丸見えだよね？

これが執務用の机だったら、前面を板で覆《おお》ってあるから多少隠れられたんだろうけど……

相変わらず、バーティアは面白いことをしてくれるね。

「……ひとまず、お互い余計な人に見つからなくて良かったということにしておこうか」

バーティアが多少変なことをしていたとしても、周囲を信頼できる者だけで固めてある今の状況ならなんとかできるしね。

「それで、もう準備は整っているの？」

「えぇ、もちろんですわ!!　手土産もバッチリですの。クロに頼んで荷物は先に運んでもらってありますわ!!」

「ああ、行く場所が場所だから、侍女やシーリカ嬢たちに荷物の運搬を頼むわけにいかないしね」

精霊王の領域へ繋がる扉の存在は、秘匿されている。

バーティアにも精霊界への行き方については絶対に誰にも言ってはいけないと、何度も繰り返し伝えてあるし、念のため、今の時点でもどうやって行くか具体的には伝えていない。

だから、荷物の運搬はすべてを知っているクロかゼノに頼むしかなかったんだろうね。

ちなみに、私の分の荷物は、現在チャールズが持ってくれている。

部屋の扉の脇に纏《まと》めておいたものを、部屋を出る時に彼に運んでくれるように頼んだのだ。

そんなチャールズは今、私の発言を聞き、自分の手に荷物が預けられている現状に何かしらの危機感を覚えたらしい。私と荷物を交互に見つめている。

……ほら、毒を食らわば皿までっていうだろう？

もう、『うっかり』扉の話はしてしまったのだし、その位置を知ってしまっても問題ないよね？

「あ、あの、セシル殿下。シーリカ嬢たちにもあのことを……」

「ああ、それについては……」

「私たちは何もお聞き致しませんわ」

自分の責任を少しでも減らしたかったのか、シーリカ嬢たちを巻き込もうとしたチャールズ。

私も、いくら側近たちやバーティアの友人たちとはいえ、直系王族にのみ伝えられている秘匿情報を彼ら全員に伝える気はなかったから、「言わないよ」と言おうとしたんだけれど……それよりも早くシーリカ嬢たちが先手を打ってきた。

「私たちは精霊様関係につきましては、必要な情報以外は聞きません」

「余計なことを聞いてしまうと、秘密にしないといけないことが増えて大変だから聞かないほうがいいと、ジョアンナ様にも忠告を受けましたの」

腰に手を当ててわかりやすく拒否の姿勢を見せるシーリカ嬢と、ニコニコと笑みを浮かべつつも「余計なことは言わないでください」というオーラを滲《にじ》ませるシンシア嬢。

なるほど。ジョアンナ嬢は私の性格をよくわかっているからね。

私の『うっかり』が発動しないように事前に手を打っていたようだ。

……最終的に伝えるのはチャールズのみにすると決めたけれど、正直なところ、少しばかり伝えるか悩みはした。それをなんとなく察して予防線を張ったのだろう。

相変わらずジョアンナ嬢は勘がいいね。

「そ、そんな！　なぜジョアンナ嬢は俺には忠告してくれなかったんだ⁉」

既に秘匿情報を聞かされてしまい、逃げ道を塞がれているチャールズが嘆く。

でもまぁ、たとえ事前に忠告を受けていたとしても、私はチャールズには伝えるつもりだったから、どうせ逃れられなかったと思うよ。

「な、なるほど。だから、セシル様は私にも精霊界への行き方は当日まで秘密と仰《おっしゃ》っていたのですわね!!」

「う……ん、きっと多分そうだよ」

私たちのやり取りを聞いて納得した様子のバーティア。

そんな彼女にキラキラとした目を向けられて、私は微笑みを浮かべつつもわずかに視線を逸らした。

バーティアの場合、単純に秘密にすることが苦手そうだからなんだけど……わざわざここでそれを言う必要はないはずだ。

バーティア以外の人は私の考えを察しているようで、私同様バーティアからソッと視線を外している。気付いていないのは本人だけだ。

「さて、あまり長時間人払いをさせておくわけにもいかないし、クロたちも首を長くして待っているだろうから行くとしようか」

「はいですの!!」

「ああ、そうだ、ティア。今日の服装を見る限り問題ないと思うけれど、持っていく服もちゃんと動きやすいものにしてあるよね？」

精霊たちは、基本的に自然を好む種族だ。

ゼノたちの話によると、アルファスタの王都内のような歩きやすい道はあまりなく、馬車で移動するなんてこともない。

精霊は人間と違って、空を飛んだり地中にもぐったり、特別な力を使った様々な移動手段があるのだから、そもそも馬車を使う必要などないのだ。

だから、馬車移動を中心に考えられているドレスなんて着ていったら大変な目にあう。

アルファスタ国では王太子夫妻として顔が知れ渡っている私たちだけれど、精霊界では当然そんなことはなく、ただの人間として認識されるのだから、王族としての品位を気にした華美な格好をしていくよりも、動きやすさを重視した程々に質のいい服装で行ったほうがいい。

「大丈夫ですわ！　セシル様に事前にお話をお聞きしていましたので、動きやすい服を中心に選びましたの。そういえば、セシル殿下は……騎士様のような格好なんですのね？」

改めて私の格好を見たバーティアが不思議そうな表情になる。

確かに、私はいつも王太子として守られる側の人間だから、こうした実用的な、騎士のような服装をすることはほとんどない。

しいていえば、鍛錬をする際に身動きが取りやすいラフな格好をして帯剣している時が一番それに近いだろう。

「今回は場所が場所だから、護衛は連れていけないしね。精霊王の許可ももらうし、クロたちもいるから大丈夫だとは思うけれど、念には念を入れて、もしもの時に対処できる格好にしたよ。ちなみに、剣を持っていくことは事前にゼノを通して精霊王から許可をもらっているから心配ないよ」

私のほうをジッと見つめてくるバーティアに、服がよく見えるように軽く腕を開いてみせると、彼女は少し頬を赤らめた。

「かっこいいですわ。白馬に乗った王子様という感じですわ！　あぁ、でも黒馬も捨てがたいですわね……」

ポソポソと呟く声が耳に入って、思わずクスッと笑ってしまう。

妻に「かっこいいい」と言ってもらえたのが嬉しかったのもあるけれど、それ以上に真剣な表情で考察を始めるバーティアが面白かった。

「さて行こうか、ティア。……それにチャールズ」

「ついにですわね！　さぁ、参りましょう!!」

「いや、私はここで失礼をして……」

はしゃぐバーティアと、なんとか逃げられないかと冷や汗を流しながらブツブツ言っているチャールズ。

正反対の反応を見せる二人を連れて、私は精霊界へ繋がる扉がある場所へ向かった。

＊＊＊

「……殿下、なぜ国王陛下の私室に？」

「もちろん、ここに扉があるからだよ」

チャールズに先導してもらい、余計な者がいないかを確認させながら「右に行け」「左に行け」と指示をして着いた先、国王陛下――父上の私室の前でチャールズが愕然《がくぜん》とする。

「ここ、絶対に俺が入っちゃいけない場所ですよね？」

「大丈夫、父上の許可は事前に取ってあるから。チャールズの分もちゃんとね」

笑みを浮かべて答えると、どこか諦めた様子のチャールズが遠い目をする。

「まぁ！　陛下の私室にあちらに行く方法が隠されていますのね!!」

わくわくとした様子で、父上の私室へと繋がる扉を、右へ左へと移動して角度を変えながら見つめるバーティア。

……バーティア、残念だけどそれはただの普通の扉だからね。そこから精霊界に行けるんだったら、父上はほぼ毎日精霊界に強制的に行くはめになってしまう。

いや、違うな。精霊王の領域に繋がる扉は精霊でないと開けられないのだから、自室なのに毎日閉め出されている状態になるのか。

「国王の私室ともなれば、守りは万全だ。それに私室だから決まった使用人以外は滅多に入ってこないし、人払いもしやすい。色々と隠しやすい条件が揃っているから、ここになったらしいよ」

歴代の国王の中には精霊王と懇意にしていて、特に用事がなくても夜中に精霊王を呼び出して酒を酌み交わしていた者もいたらしい。

父上を含めて最近の国王はそういったことはしていないようだけれど。

「さぁ、さっさと中に入って。チャールズも」

往生際悪く、その場に荷物を置いて立ち去ろうとしているチャールズの背中を押し、部屋の中に押し込む。

そして、私もバーティアの手を握って入室した。

「お待ちしていました、殿下」

部屋に入ると、ゼノとクロが並んで出迎えてくれる。

それにしても……

「やたらと大荷物だね。こっちのバッグはティアの着替えとかだとして、そっちのは……お重に、ニホン酒かな？」

事前にクロが運び込んでいたらしい荷物。

着替えなどが入っているであろうバッグは、私のものより二回りほど大きいのが一つ。これは女性の服のほうが嵩張《かさば》るものだから、普通と言っていいだろう。

問題は五段重ねのお重の包みが四つと、ニホン酒の大瓶が四本もあることだ。

いくらなんでも多すぎる。

「クロに、向こうに行く際の手土産は何がいいか聞きましたの。そしたら、いなり寿司をすすめられたので頑張って早起きして作ったのですわ‼　ゼノからはお酒が喜ばれると聞いたので、ニホン酒も用意しましたの」

満面の笑みで答えるバーティア。

そういえば、今日は早朝に部屋を抜け出していたね。

バーティアが使えるようにと王族の居住スペースの一角に増設した調理場がある。前日からいくつかの食材が運び込まれていたから、多分そこで何かを作っているんだろうと思っていたけれど、手土産用のいなり寿司を作っていたんだね。

でも多分、クロがいなり寿司をすすめたのは、単純に自分の好物だからだと思うよ？

ゼノのほうは、おそらく家族に酒が好きな精霊がいるからとかそういう真っ当な理由だと思うけど。

「それにしても凄い量だね」

「今回、許可をくださる精霊王様の分と、クロとゼノのご実家にお渡しする分、それと予備の分ですわ」

それぞれがお重の包み一つ、ニホン酒一本という計算なのかな？

これだけ大量にあるのなら、予備の分は必要ないと思うんだけど……

それに、それ以前の問題として……

「ねぇティア。初日に行く精霊王のところとクロの実家はいいとして……。ゼノの実家は、クロの実家に何日か泊まらせてもらってから行く予定だから、日持ちがしない食べ物は駄目なんじゃないかな？」

量についても明らかに多いとは思うけれど、最悪使用人たちにも食べてもらうようにすればなんとかなるだろう。

しかし、日持ちの問題はかなり心配だね。

私の言葉に、バーティアも同じ結論に達したらしく、顔をサァーッと青ざめさせて絶望の表情になった。

「ゼ、ゼノ……」

涙目になりながら、バーティアは申し訳なさそうにゼノのほうを見る。

ゼノは既にそのことに気付いていたようで、バーティアの反応に苦笑しつつも「大丈夫ですよ」と答えた。

「伯父である精霊王の城に、時間を司る精霊がいるので、彼に頼んでいなり寿司の時間を止めてもらえば問題ないはずです。彼は優しいので頼めば快く引き受けてくれますよ。ああ、お礼にニホン酒を渡せばむしろ喜ばれるかもしれません。彼はお酒が大好きなので」

ゼノが大量の手土産の中からニホン酒を手にして見せる。

良かったね。早速『予備用』のニホン酒が役に立ちそうだよ。

それにしても時を司る精霊か。

色々と役に立ちそうな能力だね。

うちにも欲しい人材だけど……まぁ、無理だろうな。

大体、精霊との契約は精霊側の希望や許可をもとに行わないと、精霊の保護の観点で問題になる。

契約自体は、望む精霊もそれなりにいるから禁止はされていないけれど、無理矢理従わせたり、騙《だま》して契約するのはアウトだ。

精霊の雇用条件が上手く向こうの希望と一致すれば、もしかしたら受けてもらえるかもしれないけれど、そもそも精霊は金銭では動いてくれないことが多いから厳しいだろうね。

「良かったですわぁぁ」

心底ホッとした様子でバーティアがしゃがみ込む。

その頭をクロが慰めるように撫でているけれど……そもそも日持ちしないいなり寿司を手土産としてすすめたのは君だからね、クロ。

「うん、問題はなくなったようだね。ゼノ、準備のほうはもう済んでいるのかい？」

「はい。すぐにでも行けますよ」

そう言って彼は、父上の部屋の壁に備え付けられている大きな古びた鏡の脇に立つ。

普段は木の扉で鏡面が見えないように閉ざされている、全身が映るサイズのそれ。けれど今は扉が開け放たれ、鏡面がしっかりと見える状態になっている。

「セシル様、そこが精霊界に繋がっているんですの？」

「私も実際に使ったことはないけれど、そうらしいよ。この鏡面自体が精霊王の領域に繋がる扉になっていて、これをノックすると向こうに音が伝わるらしいし、精霊に協力してもらえば人間が向こうに行くこともできる。精霊の力を借りずに人間が向こうに行くことはできないけれど、ノックの音は精霊の協力がなくても向こうに伝わるから、精霊王が顔を出してくれることもあるようだよ。この鏡についている扉は、何も知らない人が偶然ノックしたり、鏡を割ったりしないように保護の目的で後から付けられたものなんだって」

鏡を覆《おお》うように設置されている両開きの扉のようなもの。

意図せず精霊王を呼び出してしまわないように、普段はこの扉がきっちりと閉じられて鍵までかけられている。

今日は事前に父上に事情を話して、鍵を貸してもらった。

「チャールズ、悪いんだけどこの鍵を預けるから、私たちが向こうに行ったら、この鏡の扉を閉めて鍵をかけ、その鍵を父上に渡しておいてくれるかい？」

準備のためにゼノに渡してあった鍵を返してもらい、そのままチャールズに差し出す。

「そんな重要なもの預かるの、嫌なんですけど⁉」

チャールズが首をブンブン横に振って、全力で拒否する。

「君が鍵をかけないことで、この部屋の掃除に入った人間が誤って鏡を叩いて、精霊王を呼んでしまって腰を抜かすなんてことが起こってもいいのかい？」

笑顔でさらに鍵を差し出すと、彼は渋々それを受け取る。

「これ、鍵かけちゃって大丈夫なんですか？　帰りとか、鍵がかかっていて戻ってこられないなんてことは……」

もっともな質問をするチャールズにゆっくりと首を横に振った。

私もその点については気になったから事前に確認したが、そこは大丈夫らしい。

「この扉と鍵はあくまで人間側の事故を防ぐためのもので、精霊側には関係がないらしいよ。向こうからこちらに戻ろうとすれば、勝手に鍵も扉も開くらしい。本当に精霊ってなんでもありだよね」

チラッとゼノに視線を向けると「そういうものですから」と肩を竦める。

「それじゃあ、行くとしよう。荷物は……クロ、全部のお重を頭の上に乗せて運ぼうとするのはやめようか。落とすんじゃないかと思うと心臓に悪いし、見た目的にも幼女を虐めているように見えて良くない」

荷物を運ぼうと視線を向けたら、いつの間にかお重がクロの頭の上にすべて乗せられていて少し驚いた。

私以外の人も同じだったようで、ギョッとしてクロと頭の上のお重を凝視した後、慌ててゼノが頭の上からお重を受け取った。

結局女性に重いものを運ばせるのは忍びないということになり、ニホン酒は袋に入れてゼノが腕にかけ、残りのお重は私が二つ、ゼノが二つ持つことになった。

……ゼノの持つ量が結構大変なことになっているけれど、役割的に仕方ないだろう。私は主《あるじ》、ゼノは侍従だからね。

精霊界に着いたら、精霊王と時の精霊に渡す分のお酒とお重は減るから、それまでは頑張ってもらうことにしよう。

「それじゃあ、あとはよろしくね」

「任されたくないですけど、任されました」

そんなこんなで、私たちはチャールズに見送られ、鏡を通って精霊界へ向かったのだった。

「え!?　セシル様、なんでそんなに躊躇《ためら》いなく鏡に突っ込んでいけますの!?」

背後でバーティアの戸惑う声が聞こえた気がしたけれど、手を引いたら彼女も普通に後をついてきたし、何も問題はないだろう。

四　バーティア、精霊界到着。

「おっと……」

父上の部屋にあった、精霊王の領域へと繋がる鏡。

ゼノに促《うなが》されて鏡の中へ入ると、目の前が一瞬パァッと白くなり、同時にフワッとした小さな浮遊感とクラッと軽い眩暈《めまい》のようなものを感じる。

慌てて、片手に持っていたお重と自分の荷物を抱え直し、バーティアの手を握っていたもう片方の手に力を込めた。

「きゃっ……」

小さな悲鳴と共に、予測していた通り握っていたバーティアの手に力が入る。

「うぅ……。世界がぐるってしましたわぁ。気持ち悪いですわぁ……」

口元を押さえて倒れ込みそうになる彼女を片手で支え、ゆっくりしゃがませる。

「大丈夫かい？」

お重を落とさないように気を付けながら、私も傍らに膝をついて様子を見る。

クロもバーティアの後ろから鏡を抜けてくると、そのままバーティアに駆け寄り、心配そうに顔を覗き込んできた。

酔うとは聞いていたけれど、こんな感じになってしまうんだね。

私は軽い眩暈《めまい》程度で済んだから、きっと感じ方に個人差があるんだろうな。

しばらく様子を見ていると、バーティアも徐々に落ち着き、白かった顔に赤みが戻ってきた。

どうやら一時的なものだったようで、立ち上がれるくらいまで復活すると、すぐにいつもの元気な彼女に戻る。

「ここが精霊界ですの？　綺麗ですわぁ!!」

まるですべてがガラスでできているかのような部屋だった。

私たちが通り抜けてきた鏡は、こちらではガラスでできた扉のようなものになっている。

「バーティア様、すみません。この扉を使うことでかなり移動時の負担は減らせたはずなんですが、それでも変化を感じやすいタイプの方は、やはり酔ってしまうようで……」

ゼノが申し訳なさそうにバーティアに謝る。

「大丈夫ですわ！　ちょっとクラッとしたのが気持ち悪かっただけで、落ち着けばなんともありませんもの。それに、これはゼノが悪いわけではないのでしょう？　なら気にしないでくださいませ」

いつも通りの明るい笑みで答えるバーティア。

それを見て、ゼノはもちろんのこと、私もクロもホッとした。

「さて、ゼノ。これからどうすればいいんだい？」

一段落したところで周囲を見回す。

部屋の中には二つの扉と、頭上に大きな鐘のようなものがあるだけで、他には何もない。

私たちのすぐそばにある扉は、私たちが人間の世界から来るのに使ったものだ。

だから、反対側の扉がこの部屋から出るのに使うものだと思うんだけど……

「事前にここに来ることは伯父に伝えてありますし、私たちがこちらに来た段階であの鐘が鳴って、私たちの来訪が伝わる仕組みになっているので、じきに来てくれるとは思うのですが……」

なるほど。あの頭上にある鐘が呼び鈴の役目を果たしているのか。

そうなると、父上の部屋にあったあの鏡をノックするとそれが精霊王に伝わるというのも、きっと精霊王が扉の前に待機していて……という話ではなく、ノックすると呼び鈴が鳴ってその音が精霊王の耳、もしくは彼に仕えている者の耳に届き、最終的に呼ばれていることを知らされた精霊王が来てくれるということなんだろうな。

そうこうしているうちに、私たちが通ってきた扉とは反対側の扉の向こうがザワザワと騒《さわ》がしくなる。

どうやら、ゼノの言った通り迎えが来たようだ。

「やぁ、ゼノ。いらっしゃい」

ガチャッという小さな音と共に扉が開き、現れたのは、薄い布を幾重にも重ねたような裾の長い衣装を着て、頭に繊細な造りの王冠を被った男性だ。

さらに、彼に付き従うように数名が入ってくる。

王冠を被っているということは、きっと最初に入ってきた男性がゼノの伯父であり、精霊王でもある人物なのだろう。

服装はあまり目にしたことがないデザインだが、顔自体はゼノにどことなく似ていて親しみやすい感じがする。

そして、彼に付き従ってきた人たち……というか精霊たちの容姿は、本当に様々だった。

顔つきがとかそういうレベルではなく、見た目が人間そのもののような者もいれば、動物に近い者もいる。顔の造り自体は人間に酷似しているのに、皮膚が木目のようになっている者もいるし、足に鱗《うろこ》がついている者もいるのだ。

精霊王含め人と同じ容姿をしている者が比較的多数だが、本当に統一感がない。

ゼノに事前に聞いていた話によると、精霊は高位の者であれば皆思い通りの擬態ができるらしい。だから、人間に擬態しようと思えば、見た目では人間か精霊か判断できないくらいまで似せることができる。

ただ、精霊界にいる間は自分が好む姿や動きやすい姿をとっている者が多いため、かなりバリエーションに富んだ姿形をしているのだとか。

ちなみに高位精霊は自分の意思でその格好をしているが、中位精霊になると人型を上手くとれない者が多く、そのほとんどが動物や植物などの姿に擬態しているらしい。

さらに下位精霊になると、精霊としての意思はちゃんとあっても、まだ明確な形をとることができず、力の塊――光る玉のような姿であることがほとんどだそうだ。

「伯父上、ご無沙汰しています。この度は無理をお願いして申し訳ありません。快く引き受けてくださりありがとうございます」

ゼノが大荷物を抱えたまま頭を下げる。

精霊王は穏やかな笑みを浮かべて、「構わん、構わん」と言って頷いた。

「それで彼らが？」

ゼノから私たちに視線を移した精霊王がスッと目を細める。

サァァッと風が吹き抜けるような感覚が通りすぎた気がした。

ああ、きっと見定められているんだな。

「ふむ。悪意はなさそうだな」

精霊王は細めていた目を緩め、穏やかな笑みを浮かべる。

クロはともかく、私もバーティアも精霊界に来ることなんて滅多にない『人間』だ。

ゼノを通して精霊王に滞在の許可をもらえることになってはいたけれど、何も確認せずにただ許可をするということはできなかったのだろう。

精霊王の表情を見る限り、滞在することに問題はなさそうだから良かった。

「私の契約者のセシル殿下。人間の国アルファスタの王太子です。その隣が私の伴侶である闇の高位精霊クロと、その契約者でありセシル殿下の妻であるバーティア様です。……セシル殿下は腹黒いところもありますけど、バーティア様に変なちょっかいを出さない限りは基本的には安全です」

ゼノに紹介されて、私たちはそれぞれ軽く頭を下げていく。

……紹介してくれるのはいいんだけど、ゼノ、何を余計なことを言っているんだい？　後で覚悟しておいてね。

チラッとゼノを見ると、スッと視線を外された。

私たちのその様子で、精霊王は私たちの関係性を大体把握したようで、小さく何度か頷いていた。

クロに至っては、紹介されると同時にゼノからお重とニホン酒の瓶を一つずつ受け取って、「つまらないものですが……」とでも言うかのようにペコリッと頭を下げて精霊王に差し出している。

きっとクロなりの、ゼノの妻としての挨拶のつもりなのだろう。

「それは、今朝クロと私が一緒に作ったいなり寿司と、精霊さんたちにも協力していただいて作り上げたお酒――ニホン酒ですわ!!　今回色々と配慮していただいたお礼ですの。もし良かったら召し上がってください」

クロが何も言わない代わりにと、バーティアが満面の笑みで説明する。

精霊王は突然無言で差し出されたお重とニホン酒にキョトンとしていたけれど、バーティアの説明を聞いて微笑む。

「うん、これは善意のみの品だね。ありがたくいただくことにするよ。それにしてもゼノ、伴侶にこんな格好をさせているなんて、君はロリコ……むぐっ……」

精霊王が、お重とクロを交互に見ながらお土産を受け取り、そばに控えていた御付きの者に手渡す。そして残念なものを見るような視線をゼノに向けて言葉を発した瞬間、ゼノがもの凄い勢いでその口を塞いだ。

……ゼノ、君、王太子である私にも時々失礼なことをするけど、伯父である精霊王にも似たようなことをしているんだね。

「違います。違いますったら違います。クロは闇の精霊なので、昼間はいつも子供に擬態することで使うエネルギーをセーブしているんです。夜はちゃんとした、ちゃんとした!! 大人ですから!! 大体、精霊に年齢も容姿も関係ないじゃないですか!!」

勘違いをされたら堪らないとばかりに必死で言い募るゼノ。

そして、そんなゼノを眺めつつ、自分のことなのにまったく気にせずのんびりと尻尾を振っているクロ。

うん、対照的で面白いね。

「わかった。わかったから、この手を離しなさい」

必死なゼノに苦笑いを浮かべながらも、精霊王が口を覆《おお》っている手を引っ張ってソッと離させる。

「う～ん、でもここは精霊界で、しかも私が管理する『調和』の領域だから、力をセーブする必要なんてないはずじゃ……」

「伯父上？」

口から手を離した瞬間、再び言い募ろうとした精霊王を制するように、ゼノがキッと睨みつける。

「あ～、わかったよ。普段エネルギーをセーブしているからその擬態が一番馴染んでいる。そういうことだね」

ゼノの反応を見て、精霊王はこれ以上余計なことは言わないほうがいいと判断したらしく、苦笑しながらもそう結論づけた。

「そういうことです。それ以外の何ものでもありません」

あの目はまだ疑ってはいるけれど、ひとまず面倒くさそうだから納得したふりをしておこうという感じだね。

そんなことを思っていたら、精霊王と目が合った。

お互いに「わかっている」とでも言うかのように頷き合う。

その様子を見て、ゼノが再び「違いますからね！」と騒《さわ》いでいたけれど、それについてはサラッと無視をした。

「さて、セシル君とパーティアさんだっけ？　二人にはこの精霊界での滞在許可を私が直々に与えることとするよ」

そう言うと、精霊王は体重を一切感じさせない動きでスーッと私たちに近付き、トンットンッと手早く私とバーティアの額に触れた。

自分の額を見ることはできないため、私は同じことをされたバーティアの額を見る。

そこには一瞬うっすらと輝く何かの印のようなものが浮かび上がり、そして消えていった。

……以前、私とバーティアが、ゼノとクロにそれぞれ付けてもらった伴侶の証と似ているね。

きっと、精霊王の印のようなものなんだろう。

伴侶の証と同様、見えなくなってもなくなったわけではなく、出そうと思ったら出せる、もしくは私たち人間にはわからなくても精霊には感じられる類《たぐい》のものなんだろう。

「その印があれば、君たちが、私が許可した客人であることがわかる。他の精霊たちから手出しはされないはずだよ。それでも何かされそうな時には、消し去らない範囲で返り討ちにしていいから。あ、でも自ら攻撃を仕掛けるのはなしだからね？」

ニッコリと微笑みながら精霊王が告げる。

表情は穏やかなのに、最後の一言にはわずかに威圧のようなものが混じっていた。

まぁ、自国の民が理由もなく攻撃されるのを許容する王はいないから、当然だろう。

「あ、そうそう。自衛のためにセシル君には帯剣を許可しているけれど……それ、普通の剣だよね？　それじゃあ、精霊の攻撃や悪戯《いたずら》はかわせないから、少し細工をしておいてあげよう」

そう言って精霊王がクイクイッと人差し指で招くような動作をすると、私の腰に差してあった剣が引き寄せられるように鞘《さや》から抜けていき、勝手に彼のもとに飛んでいった。

う〜ん、確かにこんなことができる精霊が相手なら、普通の剣はあまり意味がなさそうだね。

まぁ、そこは不意打ちするなりなんなり、やりようはあると思うけれど……武器が通用するように細工してもらえるのならばそちらのほうがいいことは間違いない。

私の剣が、精霊王の前で静止する。

まるで見えない台にでものせられているかのように、横になって浮いている私の剣。

それに精霊王が手を翳《かざ》し、目を瞑《つぶ》った。

彼の手から光が降り注ぎ、剣の刀身部分がその光を吸収するように淡く輝く。

その光景は幻想的でとても美しい。

さすが精霊王という感じだね。

光の放出が止まり、出ていた光がすべて剣に吸収された時点で精霊王はゆっくりと目を開いた。

……目を瞑《つぶ》っていたのってもしかして、集中するためじゃなくて、単純に眩しかったからだなんてオチはないよね？

「……うん、これでいいかな。剣の刀身に私の力を纏《まと》わせておいた。これで精霊を切ることはできないけれど、精霊がふるった力は切ることができるようになったから。もし、しつこく悪戯《いたずら》されたり、危険な目にあわされたりした時にはこれで防衛しなさい。あとはバーティアさんだね。君は……」

精霊王が指先で剣を押す。それによって剣が私のもとへと戻ってきた。

目の前で静止した剣を手に取り、鞘《さや》に戻した私は再び精霊王に視線を向けた。

彼は……困っていた。

「君のような女性には、身を守る術があったほうがいいね」

「鎧ですわね!!　あ、でも持ってくるのを忘れてしまいましたわ」

「………鎧はさすがにやりすぎかな。君みたいな貴婦人には重すぎるだろうしね。というか、君用の鎧というものが存在するのか……いや、敢《あ》えて聞かないことにしておくよ」

キラキラした目で迷わず鎧を選択したバーティアに、一瞬固まった精霊王。

気になったのは、バーティアが鎧を持っているかどうかなのかい？

ちなみに、持っているか持っていないかで言えば、持ってはいない。

ダイエット用の加重としてちょうど良さそうだからと作ろうとしていたのを、私が止めたからね。

あの時は、「女騎士とか戦乙女とかかっこいいですわよね!!」と盛り上がっていたものだから、考え直させるのに苦労した。

最終的に、騎士の仕事がなくなってしまうと説明して、なぜか鎧を持っていたシンシア嬢に貸してもらい、お試しで着させてもらったことで満足してくれたから良かったけど。

「大丈夫ですわ！　持ってき忘れてしまったので、着られませんけれど、着られるくらいの力はありますの!!」

「またまた。面白いことを言うお嬢さんだね」

「「……」」

冗談を言われたと思い笑っている精霊王から、私とゼノはソッと視線を外した。

精霊王、残念ながら私の妻はダイエットと称して結構体を鍛えているので、女騎士用の鎧であれば軽々と着こなしてしまうんですよ。

さすがに本職のようには動けないですし、ちょっとおっちょこちょいなところがあるのでよく転んだりもしますけど。

「さて、冗談はさておき、身を守るために持たせるとしたら……」

「鎧が駄目なら盾ですわね‼」

「……盾も何か違う感じがするけど？　君たち、戦いに来たわけではないんだよね？　ゼノとそちらのクロさんのご実家に帰省しに来たんだよね？」

キラキラと期待に満ちた目を再度向けられて、精霊王が苦笑する。

精霊王の眼差しが、孫を見る祖父のものに見えるのは、私の気のせいだろうか？

「そうですわ！　正確にはゼノとクロの結婚のご挨拶と、ついでに契約している私たちの紹介をしてもらうために来たんですの‼」

「なら、盾を持っていくのは少々場違いというものだろう」

場違いとかそういうレベルの問題なのですか、精霊王？

「ああ、でも人間の貴婦人は扇を盾代わりに使ったりするんだっけ？」

「比喩《ひゆ》的《てき》な意味で、ですけどね。社交界では扇を使って相手と距離を取ったり、顔を隠して表情を悟られないようにしたり、ある意味防衛のために使ったりはしますよ」

精霊王はニコニコと微笑みながらも、バーティアの期待に満ちた目をやり過ごし、本来の路線に話を戻そうとする。それに私も乗ることにした。

この辺の受け流し方は、さすがに王を名乗るだけあるなと思う。

……見た目がゼノに少し似ているから、なんとなく違和感はあるけど。ゼノは失言が多いからね。

「扇で防御……飛んでくる攻撃をヒラリッヒラリッと優雅に扇を閃《ひらめ》かせて叩き落とす……。『悪役令嬢』っぽいですわ!!　かっこいいですわ!!」

バーティアの中で何かがカチッとはまったのだろう、今まで以上にその瞳が煌《きら》めく。

「『悪役令嬢』？　令嬢って君、もう結婚しているんだよね？　王太子妃なんだよね？」

「『悪役令嬢』は、それ自体が一つの単語のようなものなんですの!!　とても強くてかっこいい悪の華……もがっ」

変なスイッチが入ったバーティアの口を、素早く手で塞ぐ。

荷物のせいで片手しか使えないというのは不便なものだね。

「失礼しました、精霊王。妻は最近少し物語の世界にハマりすぎているところがありまして……」

「え？　ああ、そうなのかい？　まぁ、でもよくわからないけれど喜んでもらえるなら、扇に防御用の力を入れておこうかな？　扇は持っているのかい？」

少し引きながらも、笑って受け流してくれる精霊王に感謝しつつ、バーティアが返事できるようにソッと口から手を離す。

「念のため、淑女の嗜《たしな》みとして一つ持ってきましたわ‼」

そう言ってクロに視線を向ける。

手土産などの重い荷物は私とゼノが持つことになったのだけど、バーティア個人の荷物については自分が持つとクロが主張して譲らなかった。

まぁ、表向きはバーティア付きのメイドのふりをしているんだから、あながち役割としては間違っていない。だから、それだけはクロに持ってもらうことにした。

ちなみに、私の荷物はゼノが持っている。

彼は私の侍従だからね。荷物を持つのは仕事のうちなのだ。

ただお重だけは、五段のお重を四つも積むと持つのが大変――というよりも不可能に近く、かなり危険そうだったため、気を利かせて私が二つ引き受けることにした。

「クロ、私の鞄をくださいませ。その中に入ってますの」

バーティアが手招きすると、クロは床に下ろしていた荷物を手にしてタタタッとバーティアのもとまで駆けていき、手渡す。

バーティアはその中から素早く扇を一つ取り出し、精霊王に差し出した。

そこからの流れは私の剣の時とほぼ同じだ。

精霊王が力を使って扇を引き寄せ、手を翳《かざ》し、パァーッと光が降り注いでそれが終わると返却。返された扇を受け取ったバーティアが凄く嬉しそうに開いたり閉じたりしていたけれど、実際にどのような効力を発揮するかについては、今試すわけにはいかないからそれだけだ。

「さて、いつまでもここにいるわけにもいかないね。この後は彼女の実家……闇の王のところに行くんだったかい？」

扇を握り締めてニコニコしているバーティアに微笑みを向けた後、精霊王は視線でクロを示しつつ、ゼノに話しかける。

「そのつもりです」

「彼女は滅多に外部の者と会わないし、私の呼び出しにも必要な時しか応じない、筋金入りの引きこもりだけど大丈夫なのかい？」

「……多分。一応クロが事前に連絡を入れて了承はもらってくれているので……」

精霊王の言葉に少し不安そうな表情を浮かべて、クロに確認するような視線を向けるゼノ。

クロは、ゼノと、つられるように視線を向けてきた精霊王に向けて、一瞬キョトンとして首を傾げてから、無言のまま大きくしっかりと頷いた。

……一応頷いているから大丈夫なんだとは思うけど、なんだか不安になる反応だね。

「それならいいが……。では、すぐに闇の領域に行くかい？　それなら直接ルートを繋げてあげるよ」

「あ～、その前に時の精霊に会いたいです。……クロの実家に行ってから父上たちのところに寄る予定なんですけど……手土産が悪くならないか、少々心配で。彼に頼んで時間を一時的に止めておいてもらおうかと」

ゼノが二つから一つに減った手元のお重を少し持ち上げてみせる。

「なるほど。ああ、それならちょうどいい。西の館に行くと会えるよ」

「西の館……ああ、保存庫ですか？」

「そうだよ。私のほうでも彼に仕事を頼んでいてね」

ゼノと精霊王が、お互いに納得がいったように頷き合う。

どうやら、これから私たちは西の館というところに向かうようだ。

そこで時の精霊とやらにいなり寿司が悪くならないようにしてもらうみたいだけど……確かお礼にニホン酒を一本渡すことになっていたはずだ。

ゼノの荷物が減ったら、その段階で私の手にあるお重を彼に一つ渡そう。結構重いからね、これ。

「それじゃあ、ひとまずここから出ようか。私はこの後も執務が詰まっているから、途中で別れることになるけれど、この城の住人はほとんどがゼノの顔を知っているから出歩いても問題ないはずだ」

精霊王がそう言うと、ゼノが懐かしそうな表情になる。

「昔はよくこの城に遊びに来てましたからね」

「仕事を手伝ってもらったこともあったね」

「あれは手伝ってもらった、ではなく、押し付けたというんですよ」

昔を思い出して楽しそうに笑う精霊王と苦笑いを浮かべるゼノ。

二人を見ていると親戚だというのがよくわかる。

「では、執務室のそばまでだけど一緒に行こう」

そう言って歩き始めた精霊王の後について、私たちも歩き始める。

ちなみに、順番は精霊王、私たち、精霊王の連れてきた御付きの者たちという順番だ。

移動中はゼノと精霊王が楽しそうに話をし、放っておかれているクロが少し不機嫌そうにしながら私たちと並んで歩く。

バーティアは歩いている間、ずっと嬉しそうに扇を眺めていた。

そうこうしているうちに、精霊王の執務室に繋がる廊下の前に到着したようだ。前を歩いていた二人の足が止まる。

「私はここで失礼するよ。精霊界を楽しんで……」

「まぁ、精霊王様！　こんなところで会えるなんて感激ですわ‼」

精霊王の別れの挨拶を遮《さえぎ》るように、妙に甲高い声が廊下に響く。

声の発生源に視線を向けると……妙に着飾った……あれはネズミかな？　クロが人間に擬態して

いる時のような動物の耳と尻尾だけがついている状態ではなく、二足歩行の大きなネズミといった風貌の精霊がわざとらしく柱の陰から飛び出してきた。

うーん、あれは偶然を装っているけれど、結構前からあそこに隠れて待ち伏せしていた感じだね。

話に夢中になっていた精霊王とゼノは、彼女（？）が飛び出してくるまで気付かなかったみたいだけれど、他の精霊たちの自然に同化するような朧《おぼろ》げな気配と違って、妙に存在感があったから、私は結構前からそこに何かがいることに気付いていた。

途中からクロも警戒するように尻尾をピンッと立てていたから、きっとクロも気付いていたと思う。

「ああ、君か。偶然だね、偶然。ハハハハ……」

どこか冷ややかな態度で、『偶然』と口にする精霊王。

ネズミの姿の精霊は満面の笑みを浮かべているというのに、対する精霊王は眉間に皺《しわ》を寄せ不快そうな顔をしている。

この様子から考えて、きっと待ち伏せの常習犯なのだろう。

「これはもうきっと、私たちは結ばれる運命なのですわ!!」

パチンッと小さい手を打って、頬を赤らめ体をモジモジとさせるネズミの姿の精霊。

「悪いけれど、私には伴侶も子も既にいるからそんな運命はないよ」

表情を一切動かさず淡々と答える精霊王。

「私、第二夫人でも我慢しますわ」

まったくこたえた様子もなく円《つぶ》らな瞳をキラキラさせて精霊王を見つめるネズミの姿の精霊はもはや滑稽《こっけい》としか言い表しようがない。

「そんな我慢は不要だ。私の伴侶は一人だけで十分だし、君もパーティーでは注目される人気の令嬢なんだろう？　それなら、君だけの伴侶を別に見つければいい。……こんなところで暇つぶしをしていないで」

「まぁ、なんてつれないお方。私、悲しくて泣いてしまいますわ」

短い手で目元を擦り泣き真似をし始めた精霊は……ネズミが顔を洗っているようにしか見えなくて、まったく同情を引かれない。

「それなら、君を溺愛するご両親に慰めてもらうといい」

「う～もうっ！」

ひたすら淡々とした口調で返す精霊王に、ネズミの姿の精霊は小さい頬を膨らませて怒り始めたけど、その姿は栗鼠《りす》が頬袋に食べ物を溜めている様《さま》によく似ていた。

突然始まった茶番劇。

辟易《へきえき》しているのは私だけではないようだ。無理矢理役者に仕立てられた精霊王も、何度も同じ茶番劇を見させられているだろう彼の御付きの者たちも、冷ややかな視線をネズミの姿の精霊に向けている。

一向に靡《なび》かないどころか微動だにしない精霊王にイライラし始めたネズミ姿の精霊が、何か良い手立てがないかと探すように周囲を見回す。そして――

「ちょっと、あなたたち、何見ているの‼　って、今日は人間までいるじゃない‼　いやぁ、なんでこんなところに人間がいるの‼　汚らわしいわ‼　今日はこれで失礼させてもらいます」

自分の見事なまでの振られっぷりが見られていることに気付いた彼女は、癇癪《かんしゃく》を起こすかのようにその短い毛を逆立てて威嚇《いかく》した後、人間である私とバーティアの存在を認識し、まるで汚いものでも見たかのように顔を歪めてさっさと立ち去っていった。

一体なんだったのだろう、あの意味のわからない言動を繰り返す生き物は。

不快感のようなものを覚えてわずかに眉間に皺《しわ》が寄る。

そういえば、バーティアは大丈夫だろうか？　さっきから無言のままだけど。

ふとそんなことに思い至り、視線を傍らの妻へと向けると……なぜか彼女は不思議そうに首を傾げていた。

「ティア、何をそんなに不思議そうにしているんだい？」

さっきのネズミ姿の精霊の存在が珍妙なものだったのは認めるが、だからといって首を傾げるような疑問は私には浮かんでこない。

バーティアは「よくわからないんですけど……」と前置きをしてから、ゆっくりと口を開いた。

「今のネズミさん、見た目はネズミさんでしかないので、私が知っている誰かに似ているってことはないはずなんですの。でも、なぜか誰か知っている人に似ているような気がしたんですの……」

「知っている人？」

言われて、さっきの珍妙なネズミの精霊を思い返す。

社交界にもああいった痛い輩《やから》はいるけれど、そういった者たちはバーティアの友人たちがさり気なく遠ざけているはずだから、彼女が知り合うことはないだろう。

顔……はバーティアの言うようにネズミそのものだから……いや、ネズミに似た顔の人間という可能性もなくはないか。

以前、馬によく似た顔の騎士もいたしね。

でも、それならそれで反対にインパクトがあるから覚えていそうなものなんだけどな。

なかなかバーティアの言う『似ている人物』というのが思い浮かばず首を捻る。

これは……バーティアの前世由来の何か、もしくは気のせいというものかな？

そんな結論に私が達しかけた時だった。

バーティアがハッとした表情になり、手をポンッと打つ。

「そうですわ！　ミルマに似ているのですわ!!」

「え？　ミルマにかい？　似てないと思うけれど……」

ミルマはもう少し愛嬌のある顔立ちだし、性格も大人しいほうだ。

あまり共通点は感じられない。

でも……言われてみれば、なんとなくしっくりくる感じがするのはなぜだろう？

「確かに見た目も性格も似ていないんですの。でもなんというか、身に纏《まと》っている雰囲気というか……気配？　が似ている気がするんですの。ミルマはちょっと周りに溶け込みやすいので、気が付いたら置いてきてしまっていることが何度かあって……。それじゃいけないと思って常に気配を探って、そこにいるか確認していたので、ミルマの気配がわかるようになったのですわ!!」

気になっていたことがわかってすっきりしたのか、満面の笑みで語るバーティア。

その話を聞いた私とゼノ、それにクロの眉間にわずかに皺《しわ》が寄る。

……なるほど。そういうことか。

「……ゼノ」

「はい」

ゼノを呼ぶとすぐに察したのか、傍らの精霊王に「耳を貸してほしい」と伝えた。

私たちの様子を訝《いぶか》しげに見ていた精霊王だが、そこは甥っ子の頼み。ソッと耳を貸し、周りには聞こえない音量で話すゼノの声に耳を傾けてくれる。

そして、その話を聞いていくうちに、精霊王の表情が驚きから厳しいものに変わる。

バーティアと精霊王の御付きの者たちは状況が理解できず、そわそわしていた。

「……なるほど。話はわかった。こちらで確認と対処をしておく。結果については君たちが帰る時にでも伝えるようにしよう」

話を聞き終えた精霊王がそう宣言した。

事情をわかっている私たちは頷くが、わからない者たちは首を傾げる。

想定外の状況だけれど、でもきっとこれで大丈夫なはずだ。

精霊王が請け負ってくれたのだから、あの件については片付くだろう。

それにしても、これが事実だとすれば、バーティアの勘は凄いね。

「さて、私はこれで仕事に戻る。君たちもあまり闇の王を待たせないように早く行くといい」

何か聞きたそうなバーティアや御付きの者たちの視線を振り切り、精霊王はこの話は終わりとばかりに告げる。

「では、私たちはこのまま西の館に行った後、闇の領域に繋がるゲートを使って闇の王のところに向かわせてもらいます。あとのことは任せましたよ、伯父上」

「任せておけ」

ニッと片方の口角を上げて笑みを作った精霊王は、踵《きびす》を返して執務室へと繋がる廊下を歩き……かけて止まり、顔だけで振り返る。

「そうだった。ゼノ、折角だから先に顔は見せてやれ」

「――――？」

意味深な言葉と笑みをゼノに向けた精霊王は、首を傾げる甥っ子をそのまま残し、今度こそ立ち去っていった。

＊＊＊

「……やられた。なぜあなた方がここにいるんですか」

時の精霊がいると言われた西の館の保存庫。

そこに辿り着いたゼノの第一声は、そんなものだった。

ゼノはそう言うと同時に、頭を抱えて蹲《うずくま》っている。

その正面には男性が二人、女性が一人いる。

見た目は人間そのものだけれど、精霊界にいるということは彼らも当然精霊だ。

男性のうちの一人は、私たちが会いに来た、時の精霊なのだろう。

そして残りの二人については……説明されなくてもわかる。ゼノの両親だ。

「あらぁ、ゼノちゃん。来るって言ってたの、今日だったの？　いつも勝手に来て勝手に帰っていっちゃうのに、近々会いに行くから時間をくれだなんて言ってきたじゃない？　何事かと思っていたのに、いつ来るかも理由も言わないんだもの。心配してたのよ？」

ニコニコと朗らかな笑みを浮かべる女性は、ゼノの髪とよく似た色の髪をしている。

「何か用事があると聞いていたけど、用事ってもしかしてそちらのお嬢さん……闇の王の娘さんのことかな？」

穏やかな笑みを浮かべる男性は、精霊王以上に顔立ちがゼノに似ている。

人間で言うと、ゼノを十歳くらい年を取らせた感じだと思う。

まぁ、精霊にとっての十年なんて一瞬だから、実際十年経っても、ゼノの容姿はゼノが意識して変えない限りそのままなんだろうけれど。

「え？　え？　ゼノちゃん、もしかしてもしかしてなの!?　まぁ、まぁ、まぁ!!　人間界に行ったきり全然帰ってこなかったゼノちゃんに、ついに伴侶ができるのね!!　しかもわざわざ来てくれるってことは、私たちに挨拶してくれるってことでしょう？　いい子じゃない!!　ちょっと擬態が若すぎる気がするし、ゼノちゃんの好みが心配になるけれど、精霊に見た目も年齢も関係ないものね!!」

フワッと体を浮かせた女性――ゼノの母がスーッとクロのところまで飛んできて、妙に高いテンションでクロの両手を握り、嬉しそうにブンブン上下に振る。

クロも受け入れてもらえたのが嬉しいのか、無表情ながらも尻尾をフリフリと振っている。

「フフフ……。可愛いわ、可愛いわぁ!!　闇の王の娘ってことは、あの筋金入りの引きこもりの闇《あん》狐《こ》ちゃんの子供ってことでしょ？　子供が生まれたのは知ってたけど、闇狐ちゃんったらまったく会わせてくれないんだもの。はじめましてになっちゃったわ。でも会えて嬉しいわ!!」

手を握るだけでは満足できなくなったのか、ゼノの母がそのままクロに抱き付く。

「……餡子《あんこ》？」

「違うわ、闇狐よ」

バーティアがクロの母の名前に反応して首を傾げると、ゼノの母がクロに抱き付いたままの状態でバーティアに顔を向けて答えてくれる。

「私たち精霊は、人と契約しない限り名前を持たないの。その代わり皆が使う呼び名のようなものや、伴侶間でだけ呼ぶことを許される特別な愛称があるのよ。闇狐ちゃんというのは、この子……あら？　人間と契約しているということは、ゼノちゃんと一緒で名前があるのよね？　なんていうのかしら？」

「クロですよ。母上が今話しているバーティア様が付けてくださった名前です」

突然の両親登場でまだ気持ちがついてきていない様子のゼノが、それでもクロの名前だけはなんとか伝える。

「そうなの。クロちゃんね。覚えたわ!!　このクロちゃんのお母さんの呼び名が、闇狐っていうのよ。ちなみにゼノちゃんが紹介してくれないから自分で言うけれど、私の呼び名は嵐鳥《らんちょう》よ。そして、ゼノちゃんの父であり私の伴侶である彼の呼び名は、縁《えにし》ね。あと、ここにはいないけれど、うちには他に春風《はるかぜ》、夏風《なつかぜ》、秋風《あきかぜ》、冬風《ふゆかぜ》という呼び名の娘がいるわ。全員ゼノちゃんの姉よ」

ゼノが紹介してくれなかったことに少し不貞腐《ふてくさ》れているのか、ゼノの母が口を尖らせながら自己紹介する。

「はぁぁ……。紹介できなかったのは、私が紹介するよりも早く母上が喋《しゃべ》り出してしまったからです。殿下、バーティア様、私の父と母です。そして、隣で苦笑していらっしゃるのが時の精霊、時《じ》狼《ろう》さんです」

深い溜息を吐いた後、ゼノが私たちに、両親と、ここに来た目的である時の精霊を紹介してくれる。

「はじめまして。人間の国アルファスタ国の王太子セシル・グロー・アルファスタです。そして妻のバーティアです」

私とバーティアが、順番にゼノの両親と時の精霊にお辞儀をする。

「まぁまぁまぁ！　あなたが例の噂のゼノちゃんのご主人様ね!!」

「噂の……ですか？」

名乗った途端に興味津々といった雰囲気で私のほうへと寄ってきたゼノの母。

その言葉に首を傾げると、ゼノの母はニヤッと意地の悪そうな笑みを浮かべる。

「あれでしょ？　まだ幼児だった時に、『人間なんて馬鹿ばっかり～』なんて言って調子に乗っていたゼノちゃんをその容姿で騙《だま》して賭けに乗らせて、コテンパンにやっつけて自分に仕えるように約束させたご主人様」

「なっ！　母上、その話は!!」

「え!?　なんですの!?　その凄く気になるお話は!!」

ゼノが過去の汚点を暴露されて慌てふためき、バーティアとクロが興味津々で私に視線を向けてくる。

「別にそんなにたいした話ではないよ」

瞳をキラキラさせて私を見てくるバーティアとクロに苦笑する。

その向こうでは、ゼノが「言わないでください!!」と懇願の視線を向けてくるけれど……ここまで暴露されてしまったら、もうバレたも同然だと思うんだけどな。

バーティアとクロに出会いがあったように、当然私とゼノにも出会いがある。

それは、父上やショーンに契約精霊がいないことでもわかるように、王家と精霊王の密約により……なんていう大袈裟な話ではなく、実にちょっとしたものだ。

「私があれは……二歳の時だったかな？　城の使用人の中にちょっと変わった人間を発見してね。ああ、あれが書物で見た『精霊』という存在なんだと思った私は、ちょっと興味を持ったんだ」

「ちょっとの興味であんなことするなんて酷いじゃないですか!!」

語り始めた私に、ゼノが即座に文句を言ってくる。

もう話をされることには諦めがついたのだろうけれど、話している内容には納得がいかないようだ。

「別にそんな酷いことはしていないだろう？　ただ公平に賭けをしただけの話さ」

「公平って……公平って!!　あぁ、あの時の私はなぜこれが魔王の幼体だと気付けなかったのか!?」

「君、相変わらず失礼なことを言うね」

「本当のことじゃないですか!!」

「別に私は無理矢理君に賭けをさせたわけではないよ。暇を持て余していたから、ゲームに誘った。ただのゲームじゃつまらないから、負けたほうが相手に仕える。そういう約束にした。それだけさ」

ニッコリと微笑む。

当時のことを思い出したのか、ゼノが俯《うつむ》いて「俺の馬鹿」と何度も繰り返しながら自分の頭を叩き出した。

そう、私とゼノの出会いは、本当に偶然で他愛のないもの。

バーティアとクロのような心温まる（？）エピソードなど何もないのだ。

精霊界で姉たちにいいように扱《こ》き使われるのが嫌になったゼノは人間界に来て、人間に紛れながら生活をしていた。

当時のゼノは今ほど素直ではなく、どこか人間を見下している部分があった。

だから、当時二歳の王太子である私が「ゲームに負けたら相手に仕える」なんていう子供じみた賭けを持ちかけたことを馬鹿にしつつも、面白半分で乗っかった。

仮にゼノが勝ったら、しばらくの間王太子である私を裏から適当に操作して遊び、飽きたところで罰ゲーム終了とするつもりだったらしい。

二歳とはいえ馬鹿な王族に世の中の厳しさを教えてあげよう的な感じだったそうだ。

もちろん、ゲームだって二歳の子相手に行う頭脳ゲームだ。

負ける気なんてさらさらなかった。

……まぁ、結果は私の圧勝だったんだけどね。

そして、その時のゼノは使用人の格好をしていたので、自分が精霊だなんてバレていないと思っていたのだ。だから、負けても使用人として適当に仕事をこなすことで『仕えた』という要件を満たすつもりでいた。

もちろん、私は、彼が精霊だと気付いていて賭けを持ちかけたから、精霊として仕えてもらうことを希望したけれど。

自分で蒔いた種で私の契約精霊になることになったゼノ。

当時の父上はその話を聞いて頭を抱え、精霊王にも相談して、結局侍従として正式に雇用することで折り合いをつけた。

精霊王も、私が見た目より頭が良かったというだけで、嘘を吐いていたわけではないのはわかったため、一方的に責めることもできなかったんだよね。

それに、どうしても嫌なら契約精霊としての契約を切ればいいだけだから、ひとまず約束を守らせてみようという話になったのだ。

「まぁ、そんなことがあったんですの？」

「私の人生の最大の汚点です」

バーティアの言葉にうなだれたまま答えるゼノ。

そんなゼノに、バーティアはニッコリと微笑みかけた。

「でも、それからずっとセシル様の契約精霊でいるということは、お二人もなんだかんだ言って仲良しということですわよね!!」

「「え?」」

ゼノと同時に声を上げてしまった。

お互いの顔を見て微妙な表情になる私たち。

確かにその後、仲違《なかたが》いして契約を切るということはなかったけれど、だからといって仲がいいというわけでもない。

なんとなく、雇用関係が続いているだけだ。

「フフフ……。私としても、ゼノちゃんがあれで色々と学んで、いい意味で大人になってくれたから、感謝しているのよ」

微妙な空気の中、ゼノの母の明るい声が流れる。

ゼノもあの当時の自分は痛かったと思っているらしい。反論はできないが肯定もしたくないといった様子で、苦虫を噛み潰したような表情になっている。

「ささ、この話はいったんおしまいにして、今回のメインゲストであるその子のことを紹介してちょうだい」

ゼノにとっては触れてほしくない過去を暴露した張本人なのに、もうその話には興味がなくなったとでもいうように、あっさりと話を終わらせてクロへと視線を向ける。

あぁ、そういえば自己紹介の途中だったね。

「彼女は私の妻バーティアの契約精霊であるクロ……ですけれど、彼女の紹介は、ゼノがしたほうがいいでしょうね」

クロがここぞとばかりに、ゼノの母の腕から抜け出して、ゼノからお重とニホン酒一本を受け取り、ゼノの隣に立つ。

そして、「早く紹介して！」と促《うなが》すように尻尾でゼノの足を叩いた。

「あ～、う～ん。……彼女は闇の高位精霊のクロです。お察しの通り、彼女を私の伴侶にすることにしました。それで、今回はクロがきちんと父上と母上に伴侶になる挨拶をしたいと言ったので連れてきました。今日はクロの実家に行く予定だから、その後に改めて父上と母上に挨拶に行くことにするよ」

クロがゼノの紹介に合わせてペコリッと頭を下げる。

そして手にしていたいなり寿司とニホン酒を差し出した。

あ、いなり寿司が悪くならないように時の精霊のところに来たのに、必要がなくなってしまったね。

でも折角だから、この予備のいなり寿司の時間を止めてもらおうかな？

「まぁまぁまぁ、これはご丁寧に。そう、闇狐ちゃんのところにも行くのね。ああ、そっか。人間には確かそういう風習のようなものがあったわね。なるほど、それでわざわざ私たちに伴侶を紹介しに来てくれたの。フフフ……惚気《のろけ》ちゃって」

ゼノの母親が、クロからいなり寿司とニホン酒を受け取る。

ゼノの母親は風の精霊だからか、受け取った荷物も全部宙に浮かせており、重そうな様子はまったくない。

「別に惚気《のろけ》ているわけじゃないですよ。ただ人間風にしただけです」

少し頬を赤らめて恥ずかしそうにしながらゼノが言い募る。

クロはどこか満足げな様子でゼノにソッと身を寄せた。

うん。完璧に仲がいいのを見せつけている感じになっているね。

「なるほど。今の話だと我が家に来るのは今日じゃないんだね。明日かい？」

今まで黙って成り行きを見守っていたゼノの父が、尋ねてくる。

「クロの母上次第ですけど、何も問題がなければ、明日か明後日には伺うつもりですよ。ちなみにここに伺ったのも、手土産のいなり寿司が父上たちに渡す前に悪くならないように、時狼さんに時間を止めておいてもらえないかお願いするためだったんですけ……必要がなくなってしまいましたね」

一人、部外者的な感じで気まずそうに苦笑している男性に、ゼノが申し訳なさそうに軽く頭を下げる。

「ああ、そういうことだったのか。話の流れから、縁と嵐鳥がここにいたのを知らなそうだったから、なぜこんなところに来たのかと思ったよ。それじゃあ、頼まれる前に俺はお役御免になった感じかな？」

ゼノの話を聞いて納得したように頷いた時の精霊——時狼が気にするなと言うように軽く手を振ってみせた。

「いや、そういうことだったら、これはゼノたちが家に来た時に開けることにしよう。だから、時狼、頼んでもいいか？」

ゼノの父親が、母親が浮かべていたいなり寿司を手に取り、時狼に差し出す。

「あ、だったら、申し訳ないのですが、こちらのほうにもお願いします。足りない時の予備なんですけど……足りなくなるかどうか怪しいので」

それならばと、ゼノも私のところに来て、私が持っていた分のいなり寿司をついでとばかりに差し出した。

よく気付いたね、ゼノ。

予備のいなり寿司は明らかに食べきれなそうだから、そうしてもらったほうがいいね。

「ん？　そうかい。別にそんなのたいした手間じゃないし構わないよ」

そう言って、時狼は差し出された二つのお重に手を翳《かざ》した。

時狼の手から淡い紫色の光が降り注ぎ、お重に吸収される。

「重箱一段ずつに時止めの力を込めておいた。蓋を開けたお重から時が進み始めるようにしてあるから、食べるお重だけ開けるようにしたらいい」

ニッと笑う時狼に、ゼノとゼノの父が「ありがとう」とお礼を言う。

「ゼノ！　お礼を渡し忘れていますわ！」

感謝の言葉だけでその場が終わりそうなのを見て、バーティアが慌てた様子で声をかける。

隣にいたクロが、ゼノの持つ袋からニホン酒を一本取り出し、時狼に差し出した。

「時の精霊様、私とクロが作ったいなり寿司が悪くならないようにしてくださってありがとうございますわ。これはニホン酒というお酒ですの。良かったらお礼にお納めくださいませ」

無言でニホン酒を差し出しているクロの隣にバーティアが小走りで行き、何も言えないクロの代わりにニッコリと笑顔で話す。

「おや、たいしたことはしていないっていうのに悪いね。酒は俺の好物なんだ。特に珍しい酒には目がなくてね。ありがたくもらうとするよ」

照れくさそうに頭を掻いた時狼が、ニホン酒を受け取る。

「悪いね」と言いつつもまったく遠慮する気がないあたり、本当に酒が好きなんだろうね。

「それじゃあ、私たちは闇の領域に行ってきます。明日か明後日には父上たちのところにも寄らせてもらいますけど、父上と母上と話せれば十分なんで、くれぐれも姉さんたちには……」

「そうだったわ!! 闇狐ちゃんのところに行った後は、うちに来てくれるのよね！ わざわざ伴侶を連れてきてくれるんだもの、盛大にパーティーを開かなくちゃ!!」

「いえ、そういうのはいいですから!! 二人と少し話せればそれでいいんで!!」

「こうしちゃいられないわ!! お姉ちゃんたちにもゼノちゃんが伴侶を連れてくるから集まってって言わなくちゃ!! あ、でも折角だから、伴侶を連れてきているのは内緒にしてサプライズにしたほうがいいかしら？」

「それはやめてください！ お願いですから姉さんたちには言わないで……」

「フフフ……。久しぶりに家族が集まれそうね」

「いや、だからやめてくださいってば!!」

「ああ、そうだ。クロちゃんのおうちの人も良かったら一緒に来てちょうだい。精霊にはちょっと珍しいけれど、人間で言うところの親戚付き合いっていうのをしましょう!! 私も久しぶりに闇狐ちゃんに会いたいしね。さぁ、こうしちゃいられないわ!! 私は各所への連絡と準備をしに行くわね。あとの仕事はよろしくね、縁」

「だからやめてくださいってば母上!! 騒《さわ》ぎにしないで!! そして何より、姉さんには言わないでください!!」

「それじゃあ、お先に失礼するわね。あ～忙しい、忙しい!!」

「待ってください、母上!!」

ゼノの全力の訴えも虚しく、バーティア並みに話を聞かない彼の母親はうきうきした様子で窓から飛んでいってしまった。

残されたのは意気消沈しているゼノと、苦笑し慰めるように彼の肩を叩く父親。

うん、きっとこれがゼノの一家の、いつもの光景なのだろう。

「さて、用事も済んだし、そろそろクロの実家に行くとしようか」

俯《うつむ》いたまま動かないゼノをスルーして、バーティアとクロに声をかける。

「この状況で普通に次の予定に移ろうとしないでください!!」

移動を始めようとしたら、ゼノから文句が出た。

「いや、でもこれはもうどうしようもないだろう？　それとも、ゼノは母上を追いかけていって止めることができるのかい？」

「……無理です」

私の言葉に再びガックリとうなだれるゼノ。

うん、諦めも大切なんだよ。

「父上、なるべくでいいので、あまり騒《さわ》ぎにならないように母上をセーブしておいてください」

「無理そうだけど、努力はしておくよ」

そんな親子の会話を最後に、私たちは精霊王の領域を後にした。

五　バーティア、闇の領域到着。

そこは昼間なのに、どこか薄暗い場所だった。

おどろおどろしい感じではなく、どちらかというと夜をイメージさせる空間。それが、私たちが足を踏み入れた闇の領域だった。

精霊界の中央に位置する精霊王の領域には、他の領域に直通で行けるゲートが備え付けられており、そこを通るとすぐに目的の領域まで行ける。

ゼノの父と時狼と別れた私たちは、ゼノとクロの案内でそのゲートを通って闇の領域に来ていた。

精霊たちにとって移動はそんなに手間ではないが、領域間を移動する時間を短縮したい時にこのゲートを使うという。

精霊界の詳しい地理はわからないが、ざっくりいうと中央に精霊王の領域、それを囲むように各領域があるらしい。だから、精霊王の領域を挟んだ逆側の領域に行くには、少々距離がある。

そういった時は、自分の領域からゲートを使って精霊王の領域に、そこからさらにゲートを使って目的の領域にという感じで行ったほうが、精霊の力も体力も時間も使わずに済んで便利なんだそうだ。

「ここが闇の領域……クロの故郷なんですのね!!　素敵ですわ!!　特に昼間なのに星が出ているところが綺麗でいいですわ!!」

ゲートを通った直後は、人間の世界から精霊界に来た時同様、少し具合が悪そうにしていたバーティアだったけれど、しばらくして落ち着くと周りを見回して目をキラキラさせ始めた。

そんなバーティアの様子を見て、クロも嬉しそうだ。

まぁ、大好きな人に故郷を褒められたら嬉しいのは当然か。

「クロ、悪いけれど、ここからはクロが道案内をしてくれるかい？　私もあまり闇の領域に来たことがなくて詳しくないんだよ」

精霊王の領域では率先して道案内していたゼノだけれど、闇の領域に関してはクロに任せることにしたようだ。

「っ!!」

ゼノの言葉に、クロが胸を張って「任せろ！」とでも言うように頷く。

そして、尻尾を元気よく振りながらバーティアの手を握って歩き始めた。

……結婚の挨拶に行くのに、手を握って歩いていく相手はバーティアでいいのかい？

そこは普通、夫となる相手なんじゃないかな？

まぁ、その相手であるゼノは現在、まだ渡していない残りのお重とニホン酒と私の荷物を頑張って運んでいて手一杯になっているけれど。

「それにしても、精霊王の領域ではずっと建物の中にいたからそこまで違和感は覚えなかったけれど、こうして城の外に出てみると、不思議なところだね、精霊界は」

クロについていきつつ、周囲を見回す。

昼間なのに薄闇。

星が出ているのに、夜ほど暗くない空。

木々も人間の世界で見るものとは異なり、黒や紫など暗い色合いのものが多い。

ここまで暗い色合いで統一された世界ならば、もっと怖い印象を受けてもおかしくないはずなのに、精霊の世界だからか、どこか清廉としていて幻想的な印象を受ける。

「闇と聞くと、人間は恐ろしいものをイメージするようですが、闇はむしろ安寧を与えてくれるものなんですよ」

「ゼノがクロに癒《いや》しを感じるようにかい？」

「……殿下、からかわないでください」

前を歩く女性二人の背中を見ながら、ゼノとそんな会話を交わす。

ゼノは私に冷やかされてムスッとしていたけれど、その口から否定の言葉が出ることはなかった。

なんだかんだ言いつつも、やはり伴侶に選ぶぐらいには、クロのそばは居心地がいいらしい。

「わかっているよ。人間が、立場や職業で人としての善悪が決まるわけではないのと一緒で、精霊も属性でそれが決まるわけではないんだろう？　光でも強すぎるものは相手を傷付けるし、ピーちゃんがしたように力を悪用すれば人を堕落させることもできる。それと一緒で闇だって不安を掻き立てることもあれば、守ってくれる存在――夜の安らぎを与えてくれる存在になることだってある。……そうだろう？」

前を向いたままそう告げると、隣を歩くゼノがフッと小さく笑ったのが気配で伝わってきた。

……やっぱり、クロのことが大好きなんだね。

そのクロの属性のことを、私がちゃんと理解していたのが嬉しいんだろう。

前を歩いていたクロがバーティアの手を引き、注意を引き付けてから正面斜め上を指差す。

「セシル様、セシル様!!　真っ黒なお城ですわ!!　かっこいいですわ!!」

クロの指の先に聳《そび》え立つ漆黒の城を目にしたバーティアが満面の笑みで振り返り、クロと一緒になってそれを指し示す。

「ああ、本当だね。黒一色の城というのも綺麗なものだ」

人間の世界では、さすがに黒一色の城というのは見たことがない。

屋根などに部分的に黒を使うことはあっても、すべてを黒にしてしまうと威圧感が強くなりすぎて相手を萎縮させてしまう可能性があるので、外交的なことを考慮するとあまり好ましくないのだ。

でも、こうして見ると、相手を怯ませるという意味ではいいかもしれない。

バーティアが言うように格好いいし、外交目的で使われる城には向いていなくても、城塞としてはいい効果が得られそうだ。

「……殿下、なんだか胃が痛くなってきました」

「……頑張ることだね、婿殿」

ほら、娘を奪いに来た婿殿にもいい感じにプレッシャーをかけることができるしね。

「セシル様、きっとあそこには長い年月を生き永らえている妖艶な吸血鬼が住んでいるのですわ!!」

「いや、あそこはクロの実家だからね。長い年月は生きているだろうけれど、いるのは闇の精霊だからね？」

どこか夢見るような視線で城を見つめ、いきなり妄想を語り始めるバーティアに思わずツッコミを入れる。

「はっ！　そうでしたわ!!　しかも、今日はあそこにお泊まりさせていただけるのですわよね!!　楽しみですわ!!」

ニコニコとご機嫌なバーティアを見て、クロも楽しそうだ。

それに対して、ゼノの顔色はさらに悪くなっていく。

初めて挨拶に行く婚約者の家にいきなり泊まることは、貴族間ではよくある。

領地暮らしの貴族に会いに行く時は、移動に数日かかることもざらだから、当然、着いたら相手の家に泊まらせてもらうことになる。

特に田舎のほうの領なんて周辺に宿すらないこともあるから、これは仕方のないことなのだ。

でもよくあることだからといって、緊張や不安がなくなるものではないんだけどね。

「さぁ、もうちょっとで着きますわ!!　早く行きましょう!!」

目的地を視界に捉えてさらにテンションが上がったバーティアが、足を速める。

それに反してゼノの足は重くなる一方だけれど、もうここまで来たら逃げようがない。

足早に先を行くバーティアとクロに合わせて、私たちも歩を進めるのだった。

＊＊＊

「わぁ、大きいですわ！」

黒い城の門の前に立ち、バーティアが感嘆の声を上げる。

大きさで言えばアルファスタの王城のほうが何倍も大きいのだけれど、黒一色の見た目のせいか、妙に威圧感がある。

「ここはあれですわよね。『頼もー！』って叫べばいいのですわよね!!」

「……ティア、残念だけどここでそれを叫んでも、建物の入口まで結構距離があるから聞こえないと思うよ」

「……へ？」

息を吸い込んで今にも「頼もー！」と叫びそうなバーティアに苦笑しつつ、制止する。

バーティアは私の言葉を聞いて、一旦叫ぶのはやめてくれたけれど、一体何がいけないのかとキョトンと不思議そうにしている。

さて、通常ならこういう時、門番がいて取り次ぎを頼む感じなんだけど……それらしいのはいないね。

クロはいつもどうしているのかな?

チラッとクロに視線を向けると、「何?」とでも言いたげに首を傾げてくる。

けれど、すぐに私の視線の意味に気付いたのが、ポンッと手を叩いて「任せろ」とばかりに親指を立てた。

「うん、よろしくね」

通じ合えたと確信して声をかけると、クロは一度大きく頷いて、真っ黒な石でできた門柱の前に立つ。

そして、コンコンッとそこをノックした。

するとその瞬間、門柱からヌゥウッと真っ黒い影が浮き上がるように現れる。

「っ!?」

いきなり現れた黒い影に驚いたパーティアが悲鳴を上げそうになり、慌てて自分の口を押さえた。

……門番、そこにいたんだね。

確かにそこに入っていれば詰所もいらないし、場所の有効活用になるのかもしれないけれど、知らない人は驚くよね。

というか、誰か来た時点で自主的に出てきてくれないと、城の人に用事があっても取り次ぎをお願いできないからね。

「……ゼノ、精霊の住む城って皆あんな感じなの？」

「いえ、あのパターンは私も初めて見ます」

どう反応していいか悩みつつ、無言で影に向かって城を指差し、指示を出しているクロを眺める。

ちなみにバーティアは突然現れた影が少し怖かったのか、平気なふりをしつつもクロから離れてこちらに寄り、私の服の裾をキュッと握っている。

きっとクロの様子から悪い精霊ではないことはわかりつつも、どうしてもビクビクしてしまうため、一生懸命それを隠そうとしているのだろう。一方的に怖がるなんて、相手に失礼だとバーティアは考えそうだしね。

しかし、そんな強がりは見え見えのため、クロの指示を聞き終えた門番にも気付かれる。

門番はジーッとバーティアを見つめ、納得したように一つ頷く。

そして次の瞬間、グングンと体を小さくして、最後は黒い犬へと姿を変えた。

「まぁ、可愛いワンちゃんになりましたわ!!　これなら大丈夫ですわ」

私にくっついていたバーティアが顔をパァァアッと明るくして、門番に駆け寄り、その頭を撫でる。

「キュウウン」

嬉しそうにバーティアの掌に頭を擦り付ける門番。

……どうやら気を遣ってくれたみたいだけど、それでいいのかい門番？

しばらくその光景をなんとも言いがたい思いで見ていると、バーティアに甘え出した門番にヤキモチを焼いたクロがバーティアと門番を引き離し、再度門番に取り次ぎをしてくるように指示を出した。

門番がしぶしぶ、といった感じで、城に向かっていく。

そのまましばらく待っていると、門番が帰ってきて門を開けた。そして、城の入口まで案内してくれる。……犬の姿のままで。

門番は、私たちを案内しつつも、バーティアをチラチラと見て撫でてほしいとねだるように尻尾を振る。だが、すぐにクロに睨まれてしょんぼりとその尻尾を下げた。

相手は城主の娘。

要するに雇い主の娘。

当然逆らえるわけがないよね。

ついでにいうと、闇の王の娘であるクロとは、精霊としての格も違うだろうし。

「っ‼」

「到着！」とでも言うように、城の入口の前で両手を広げてみせるクロ。

ゼノは、ついに着いてしまったと言わんばかりに表情を強張らせている。緊張した自分を落ち着かせようとしたのだろう、深呼吸をしようとするが、クロはそんなゼノを見事にスルーして、なんの躊躇《ためら》いもなく扉をノックした。

「ちょっ！　せめて心の準備を……」

コンコンッ。

そんなに力を込めてないはずなのに、妙にノックの音が響く。

そして、誰もいないのに、扉が自動的にスーッと内側に開いていった。

「まぁ、『自動ドア』ですのね‼　『ハイテク』ですわ‼」

……バーティア、君の言葉の意味はよくわからないけれど、なんとなくそれは違う気がするよ。

「さて、ここで改めてあれですわね‼　頼もー‼」

あ、やっぱりそれはやるんだね。

さっき止めたから、もう大丈夫だと思って油断していたよ。

「ティア、よそのおうちに行く時は『頼もー』じゃなくて、お邪魔しますだよ」

「え？　でも……」

「お邪魔しますだよ」

「……お邪魔します」

勢いのまま突き進んでいってしまいそうだったバーティアを止めると、彼女は渋々ながらも私の指示に従ってくれた。

ちょっとしょんぼりしているのが可愛かったから、頭を撫でる。すると、頬を少し赤らめて機嫌を直してくれたから良かった。

「……殿下、バーティア様を調教していますね」

「調教できるほどバーティアは大人しくないよ」

バーティアとクロが先ほどより少し落ち着いた様子で城内に入っていった隙に、ゼノが私の耳元で囁く。

まったく、調教なんて人聞きの悪いことは言わないでほしい。

私はただ必要なことを、必要なタイミングで伝えたり制止したりしているだけなんだから。

「私たちも入ろう。……お邪魔します」

「お邪魔します」

バーティアたちに続き、私たちも城の中に入る。

すると、薄暗かった城内が急に明るくなった。

どうやら壁に備え付けられている蝋燭《ろうそく》に一気に青い炎が灯ったようだ。

「クロ、お帰り。そして、よくぞ参られた、ご客人」

玄関ホールの正面奥にある大きな階段。

その踊り場に置かれた豪奢な椅子に、黒いドレスを身に纏《まと》った黒髪の女性が座っていた。傍らには、十五歳くらいの白髪に紫の瞳の執事姿の青年を従えている。

ちなみに、女性の頭には人間に擬態している時のクロ同様、黒い狐耳があり、背後にはふさふさの黒の尻尾が複数生えている。

うん。間違いなく彼女が闇の王にしてクロの母、闇狐と呼ばれる闇の精霊だね。

さて、出迎えてもらったことだし、こちらも挨拶を返さないといけないね。

誰が主導するべきか……

チラッとこちらのメンバーを見回すと、ゼノは緊張で固まっているし、クロは自分の母ということもあり、「よっ！」という感じで軽く片手を上げて挨拶を返している。……この場合クロが紹介してくれるのがベストなんだけど、クロは喋《しゃべ》らないし期待してはいけないね。

バーティアは……妙にキラキラした目でクロの母を見つめ……いや、見惚《みと》れているといった感じかな？

こうなるともう、私が対処するしかなさそうだね。

「はじめまして、闇の王。私は人間の国アルファスタの王太子、セシル・グロー・アルファスタ。そしてこちらが妻のバーティアです。バーティアはご息女、クロの契約主になります。また、こちらのゼノは私の契約精霊でして、今回ご息女と縁を結び、その挨拶に参りました。ご滞在の許可をくださり、ありがとうございます」

ゼノをどう紹介しようかと思ったけれど、一応軽い説明にとどめておくことにした。

クロと伴侶になるという直接的な報告は、この後自己紹介する時に自分で言えばいいんじゃないかな？　正直そこまで私が言葉にしてしまうのもどうかと思うしね。

緊張で固まっていたゼノも私の挨拶《あいさつ》に何かしら思うところがあったようで、ハッとした顔でこちらを見た後、「しまった」と言わんばかりに肩を落としている。

うん。今回は君たちの結婚の挨拶であり、私たちはおまけなんだから、本来、この役は君がやるべきだったよね。

……まぁ、ゼノが動くのを待っていたら時間だけが過ぎていきそうな感じがしたから、私が自分でしてしまったけれど。

「なるほど、その者どもがな……」

クロの母の視線が、クロの契約主であるバーティア、そして伴侶となるゼノへと順に向けられる。

「ほら、ティア。クロの母上にご挨拶を」

「はっ！　そうでしたわ!!　バーティアと申します。いつもクロにはいっぱいいっぱいお世話になっておりますわ。あと、その……えっと……」

元気よく挨拶していたバーティアが途中で急に頬を赤らめ、言い淀む。

「一体どうしたんだろう？」と疑問に思っていると、バーティアは何かを決断したようにキッと強い視線でクロの母を見つめた。

「クロのお母様は、私の理想の悪役令嬢そのものですわ!!　是非とも師匠と呼ばせてくださいませ!!」

「「……」」

場に静寂が流れる。

……バーティア、君、また意味のわからないことを言い出したね。

いや、正確には、意味はよくわかるんだけどね。

クロの母は確かに闇の王だけあって、妖艶ながらも美しく強そうな感じがする。

きっとその感じが、バーティアが以前目指していた一流の悪役令嬢とやらに一致するのだろう。

それは別にいい。

否、良くはないけど、面白いからいいということにする。

ただ、初対面の人に急にそんなわけのわからないことを言ったうえに師匠と呼びたいと頼んだら、相手は確実に戸惑う。

現に、目の前のクロの母はポカンッとした顔で固まっている。

……あ、意味がわからないながらも、『理想』『師匠』という言葉から褒められているのだと察したのか、少し頬を赤らめてそわそわし始めたね。

まんざらでもないということかな？

まぁ、前提となる『悪役令嬢』というのが何かはわかっていないだろうけれど。

「そ、そち、いきなり何を言うのじゃ！　まったくわけのわからないことを……」

「その気高さ、美しさ、当たり前のように人を支配することができるカリスマ性。まさに私の目指した一流の悪の華ですわ!!」

「わ、妾は決して　悪などではないわ‼　この闇の精霊たちを統べる王ぞ」

「わかっていますわ‼　クロのお母様が悪いことをするわけがありませんもの。悪の華というのは気高さの象徴と言いますか、比喩的《ひゆてき》なものですの」

そんな話は初めて聞いたけれど。

え？　それはバーティアの前世的には常識なのかな？

「つ、つまりそちは妾に、あ、憧れているということかの？」

「そういうことなのですわ！　私もクロのお母様みたいに格好いい存在になりたいのですわ‼」

「な、なるほどの。ふむ。愛《う》い奴よのう。そこまで言われれば妾もやぶさかではないぞ。いい、いい。クロと共に近う寄れ」

コホンッと小さく咳払いをし、頬を赤く染めてバーティアたちを手招きするクロの母。

それにバーティアが嬉しそうに従う。

クロはもう慣れた様子で、ゼノからさっさと母親に渡す用のお重とニホン酒を受け取り、バーティアの後に続く。

……なんなのだろう、この変な状態は。

「わぁ、近くで見ても綺麗で格好いいですわ‼　尻尾も耳もモフモフですの。あ、師匠、一つ質問がありますわ‼」

あ、もう『師匠』呼びは確定になったんだね。

悪役令嬢の師匠とか、本当になんなのか意味がわからない。

「師匠の尻尾は何本ありますの？」

「……なぜここで妾の尻尾の本数の話が出るのじゃ？」

「狐の尻尾といえば九本と決まっているからですわ！　それが本当なのか気になりますの」

いや、普通、狐の尻尾は一本だよ、バーティア。

九本も尻尾がある狐なんて見たことも聞いたこともないからね？

それどころか、複数の狐の尻尾を持つ存在なんて、私は初めて見たよ。

「なぜ九本と決まっているのかはようわからんが、残念ながら妾の尻尾は八本じゃ」

困惑しつつも、もう目の前に晒されているそれを誤魔化すこともできないと思ったのか、申し訳なさそうにクロの母が答える。

そこ、別に申し訳なさそうにしなくてもいいところだよ？

むしろ八本もあれば十分だからね。

「そうなんですの……。でも、八本でもふさふさで綺麗なのは変わりませんわ!!」

少し残念そうにしながらも、すぐに気持ちを切り替えて笑顔を作るバーティア。

けれど、それを見たクロが動いた。

「え？　クロ、なんで師匠の後ろに隠れるんですの？　って、あぁ!!　クロの分の尻尾が追加されましたわ!!　九本ですわ!!　これぞまさに『九尾《きゅうび》の狐』ですわ!!」

手にしていたお重とニホン酒を執事の格好をした青年に手渡したクロが、母親の後ろに移動して腰に抱き付き、自分の尻尾を母の八本の尻尾の付け根あたりに絡めるようにして追加したのだ。

……ねぇ、クロ。そんなことをしても九本にはならないよ。八本と一本になっただけだからね？

まぁ、それでもバーティアは満足しているみたいだから、いいんだけど。

「……ゼノ、そろそろ君も挨拶しなよ。このままじゃ、収拾がつかないから」

よくわからないけれど、バーティアたちはキャッキャッと楽しそうにはしゃいでいる。

クロの母は完璧に流されているね。

とにかく、このままじゃ、さらに変な方向に行きかねない。

そろそろ本来の流れに戻す必要がある。

「あ〜、確かにそうですね。というか、それが目的で来たのですから、そこはしっかりとしておかないとですよね」

緊張していたゼノも、さすがにこの混沌とした状態を見て、余計な力が抜けたようだ。

苦笑いしつつも、一歩前に出る。

「お初にお目にかかります。闇の王。私は精霊王の弟、縁の息子ゼノと申します。この度、クロと伴侶になることになり、そのご挨拶に参りました」

右手を胸に当て、綺麗な動作でお辞儀をするゼノ。

「お、おぉ、そうであった。そなたがクロの伴侶かえ？」

バーティアたちの勢いに流されていたクロの母がハッとした様子で姿勢を正し、最初に見せた真面目な顔を取り繕《つくろ》う。

そして、改めてゼノを見定めるようにジーッと見つめた。

それから、わずかに眉間に皺《しわ》を寄せ、自分に抱き付いているクロへと視線を落とす。

その後、再びゼノに視線を移したクロの母。

「のう、一つ聞いてもよいか？」

「はい、なんでしょうか？」

クロの母の瞳には、やや悩むような色が滲《にじ》んでいる。

「そなたはロリコンというやつなのかえ？」

「違います!!」

ゼノの全力の否定が響き渡った後、再び場に静寂が流れた。

あぁ、『ロリコン』という言葉を聞いて、クロの母の傍らに控えている執事服の青年の目が一気に冷え切ったよ。

ゼノが否定したにもかかわらず、クロの母の目にも疑念が浮かんだままだし。

「それだけはっきり否定するとは……逆に怪しいの」

「否定しなくても問題ですよね!?」

そうだね。これは否定しても、しなくても疑われるパターンだ。

「クロ、ほんにこの者でいいのかえ？」

クロの母が尋ねる。

クロが少し首を傾げた。

あ、多分質問の意図がわからずに首を傾げただけなんだろうけれど、まるでクロも悩んでいるように見えちゃったね。

その様子を見て、クロの母の眉間にさらに皺《しわ》が寄る。

「……ようわかった」

それだけ告げて、傍らの青年と視線だけで何かやり取りし、一つ頷く。そして、どこからともなく扇を取り出し、私たちに向かって勢いよく煽《あお》いだ。

ブワッと黒い風が巻き起こる。

視界が闇に覆《おお》われ、風に飛ばされるような、わずかな浮遊感を覚える。

「くっ……」

慌ててバランスを取り、足を地に付け踏ん張る。それと同時に、視界を覆《おお》っていた闇と風は消え去った。

——目の前に広がっていたのは、先ほどとは異なる光景。

「……門の外か？」

最初にクロが門番を呼んだ、あの門の前になぜか私とゼノは立っていた。

無駄だと思いつつも再び門をくぐろうとするが、目には見えない壁のようなものに阻まれて中に入ることはできない。

おそらく、クロが使う結界と同じものだろう。

「え？　え⁉　突然何を……。そんな……。追い出されたってことですか⁉」

さてどうしようかと悩んでいると、私と共にここに飛ばされたゼノが困惑した様子で周囲をキョロキョロと見回している。

う〜ん、バーティアが向こうにいる以上、このまま帰るというわけにはいかないな。

少なくとも私の妻は早急に返してもらわないとね。

ジッと睨むように黒い城を見つめると、不意に上空にクロの母が姿を現した。

「悪いのぉ。妾は可愛い娘が悲しむ姿は見とうないのじゃ。ゆえに仲良く協力して妾が出した課題をクリアしてきておくれ」

「え？　課題？　え？　え？　どういうことですか⁉」

いきなり課題をクリアしろと言われ、困惑するゼノ。

それに対してクロの母は嫣然《えんぜん》と微笑む。

「何、たいしたものではない。その者に課題を書いた紙は既に渡してある」

そう言って、クロの母が私たちの後方を指差す。

そこには、先ほどクロの母の傍らに控えていた執事服の青年が、一通の封筒を手にして立っていた。

その視線は先ほどと変わらず冷ややかなものだ。

「その課題を仲良くクリアしたら、再び妾の城に入れてやろう。できなかったら、入れぬのでそのつもりでな」

それだけ告げて立ち去ろうとするクロの母。

それを慌てて引き留める。

「ちょっと待ってください。ゼノはともかくとして、私は関係ないはずだ。意味もなく妻を連れ去られるのは納得がいかない」

城に戻ろうとしていたクロの母が止まり、振り返る。

私と彼女の視線が交差する。

「確かに其方は巻き込まれただけよ。だがな、クロの契約者の伴侶であり、クロの伴侶の契約者でもあるのじゃ。必然的に其方らは人生を共にしていくことになる。無関係ではない以上、協力してやってたもれ。ああ、我が娘クロはもちろんのこと、其方の妻……バーティアとかいったの。あの者については心配いらぬ。其方らが戻るまで妾が大切に預からせてもらうからの」

フッと小さく笑みを零《こぼ》し、今度こそクロの母は振り返ることなく城へと戻っていった。

私は小さく溜息を吐いた。

「面倒なことになったね。さて、どうしようか」

六　バーティア、城で留守番中①

目の前には入ることができない城。そこに妻はいる。

後ろには、ゼノに冷ややかな視線を送る執事服の青年と、彼の持つ二通の封筒。

「ねぇ、ゼノ。この結界を壊すことはできないかい？」

試しにゼノに聞いてみると、背後の青年からとてもわかりやすい殺気が飛んできた。

「闇の王の結界ですよね？　伯父や両親の協力を得れば可能ですけど、私一人では無理ですね。何せ闇属性は防御特化なので。その頂点である王が結界を張って引きこもったら、そこから出すのも入るのも至難の業《わざ》です。攻撃での勝負でしたら、勝機もあるのですけど……」

『攻撃』という言葉が出た瞬間、私に向けられていた殺気が威力を増してゼノに向けられる。

「いえ、やりませんよ!?　やりませんってば!!　あの方はクロの母上なんですから、攻撃なんてしませんってば!!」

ゼノも青年の殺気を感じたのか、バッと振り返り、全力でブンブンと首を横に振る。

まぁ、そうなるよね。

伴侶にした女性のもとに行くために結界を破るくらいならともかく、別に命を狙われたとか、伴侶を攻撃されたとかでもないのに、伴侶の母を攻撃することはないよね。

下手すると、それが切っかけで、伴侶との関係が修復不可能なほど悪くなることだってあるだろうし。

ましてや、クロの母は、クロやバーティアを返さないと言っているわけでも、このまま私たちを永遠に城に入れないと言っているわけでもない。

ただ、歓迎してほしければ課題をこなしてこいと言っているだけだ。

……まぁ、なぜそんなことを言い出したのかは気になるところだけど。

ゼノが幼女なら誰でもいい、ただのロリコンなのか、それともクロという存在を心から愛しているのか単純に確認したがっている可能性もあるけれど……

チラッと執事服の青年を見る。

彼は鋭い目でこちらを観察しているだけで何も言おうとしない。

……なんとなく気になることはあるけれど、きっと彼は私が尋ねても答えてくれないだろうね。

そういうオーラが滲《にじ》み出ている。

だとしたら、バーティアたちと一番早く、かつ安全に合流できるのは、クロの母の言った課題に取り組むことか。

「そうなると、道は一つだね。課題とやらをこなすとしようか。私は、折角の妻との時間をいつまでも邪魔されたくないからね」

そう言って、無言でこちらを睨んでくる青年に手を差し出し、課題が書いてあるという封筒を渡すよう促《うなが》した。

青年は私の手をジッと見つめた後、眉間に皺《しわ》を寄せて視線をゼノに向ける。

その眼差しはまるでゼノを非難しているかのようだった。

……まぁ、それもそうか。

この課題は、クロの伴侶であるゼノに課せられたものだ。

私はあくまでおまけ。

さっさと済ませてパーティアのもとに行きたかったから動いたけれど、本来ならばゼノ主導で進めていくべきところだ。

そのゼノが、私が動くのを見てもなお自ら率先して動こうとしないのは、減点対象となるだろう。

「そうだね、これはゼノがやるべき課題だ。どうするかの判断も彼がするべきだね」

「え？　私に異存はありませんよ？」

青年だけでなく私にも視線を向けられ、ゼノが戸惑ったように首を傾げる。

確かにアルファスタでは私が彼の主《あるじ》だし、彼は私の侍従として私の指示に従うのが当たり前だったから、こんな風に主導権を握らされた経験なんてないよね。

でも、今はそれでは困るんだよ。

「これはゼノ、君の問題だろう？　私は早く妻のもとに行きたいという理由で多少手助けすることはあっても、今回の主役はあくまで君だ」

私がジロッと厳しめの視線を向けると、ようやくゼノは私が何を言いたいのかを理解したらしく、ハッとした表情になった。

そして、反省の色を浮かべた後、表情を引き締めて、私と、封筒を持っている青年に向き直る。

「すみません。そうでした。これは私とクロの問題です。大変申し訳ありませんが、ご協力ください」

姿勢を正して、私たちに頭を下げるゼノ。

普段、侍従という仕事をやっているだけあって、こういう仕草は完璧だ。

「……どうかクロの母上が出した課題を教えてください」

改めて青年の前に立ち、ゼノが手を差し出す。

青年は相変わらず険しい表情のまま動こうとしない。

……正直、こうしている間にバーティアが何かやらかさないか心配だし、私は早く彼女のもとに戻りたい。

こういう相手の気持ちを推し量る的な無駄なやり取りは、後でやってもらえると助かるんだけどな。

「こうしていては、私たちだけでなくあなたも闇の王のもとに帰れないよ？ 彼女は明確に課題を提示しているんだから、あなたがゼノを認めるかどうかは課題を通して考えればいいと思わないかい？」

　見つめ合ったまま動かない二人に面倒くさくなり、「さっさとやることを済ませよう」という気持ちを込めてそんな提案をする。

　ずっとゼノを冷たい目で見ていた青年が、その視線を私に向けた。

　私がニッコリと笑顔を返すと、なぜかビクッとした後、渋々といった感じでゼノに二つあるうちの片方の封筒を差し出す。

　……ゼノ、「魔王の怖さは精霊界でも健在ですね」って呟いたの、聞こえているからね？

　私が本物の魔王だったら、それを聞いた段階でどうなるかわからないんだよ？　わかってる？

　青年に向けていた笑みを今度はゼノに向けたら、全力で視線を逸らされた。

　言葉にしなくても理解してくれたみたいで良かった。

「え、えっと。あの、そっちの封筒は？」

　課題が書いてあると思しき封筒を青年から受け取ったゼノは、青年の手に残ったままになっているもう一通の封筒について尋ねる。

　明らかに、同じ種類の封筒だ。

　中身は違ったとしても、どちらもクロの母が書いたもので間違いないだろう。

　それをなぜ片方しか渡さないのか？　そっちの封筒はどうする気なのか？

　それは確かに気になるね。

青年の反応をゼノと共に見ていると、青年は手に残っている封筒をゼノから遠ざけ、ニヤリッと意味深な笑みを浮かべた。

けれど、結局ゼノの問いには答えず、「行くぞ」とでも言うように顎《あご》で門とは逆方向にある道を示してさっさと歩き始める。

「そうですか。そっちはくれないんですね。……何か課題をこなすのに役立つヒントのようなものが書いてあるんじゃないかって期待してたんですけどね」

一人でブツブツと呟いた後、ゼノは若干しょんぼりとしたまま青年の後に続いて歩き始めた。

「で、ゼノ。もらった封筒にはなんて書いてあったの？」

ゼノの隣を歩き、もらえなかったものはさっさと諦めて手に入れたものに意識を向けるように促《うなが》す。

ゼノが封筒を開けなければ課題の内容はわからない。

そんな状態で、青年についていくのは危険だろう。

行った先で、急にピンチに陥《おちい》るなんてこともあり得るのだから。

「あ、そうでした。まずはそれから確認しないといけませんね」

こちらのことなんて完全に無視して、ずんずんと進んでいく青年に置いていかれないよう気を付けつつ、ゼノが受け取った封筒の中身を確認する。

封筒の中の紙に書いてあった指示は二つ。

一つは、谷底に住む大亀の闇精霊の甲羅の欠片を持ってくること。

もう一つは、森に住む紫薔薇の木精霊が大切に守っている綿で作った布地を持ってくること。

……正直に言って、精霊のことを詳しく知らない私では、どれくらい大変な内容なのか正確に予測することは不可能だ。

ゼノは同じ精霊なのだから、何か知っているかなと思ってチラッと彼の顔を見てみたけれど、首を傾げているので、きっと紙に書かれた二人は知り合いではないのだろう。

まぁ、精霊と一言で言っても大勢いるし、会ったことがない精霊がいたっておかしくない。

私だって、「人間ならこいつを知っているだろう？」と会ったこともない人間の話をされても困るしね。

「じゃあ、今はそのうちのどちらかが手に入る場所に向かっていると考えていいのかな？」

「多分そうじゃないかと……。彼はあまり協力的ではないようなので、確実にそうとは言い切れませんけれど」

少し自信がなさそうな様子で言うゼノ。

あの明らかに友好的ではない態度を見たら不安になっても仕方ないか。

さっきも手紙を渡されただけで、彼自身が何を思って、何をしようとしているのかは一つも教えてもらえてないしね。

今だって、流れ的に彼が道案内をしてくれているのだろうという推測の下、一方的に私たちが動いているだけなのだ。

「まぁ、でも大丈夫じゃないかな？　彼もクロの母上に指示をもらって動いているみたいだし。指示を出した人が同じなら、そう大きな行動のずれは生じないと思うよ」

「そう願います」

そうこうしながらしばらく自然あふれる黒い森を進んでいくと、不意に前を歩いていた執事服の青年が足を止めた。

「おや？　着いたのかな？」

そこは何もないところだった。

うん、何も……先に続く地面もない。

「え？　ここですか？　亀も紫薔薇も綿もないですけど？」

なぜここで止まるのか理解できない様子のゼノは、キョロキョロと周囲を見回す。

まったくなぜわからないのだろうか？

目の前には地面がなくなっている場所……要するに崖があるんだよ。

そして崖の下にある場所といえば……

「ゼノ、大亀の闇精霊が住んでいるのはどこだって書いてあったっけ？」

「大亀の闇精霊が住んでいるのは……谷底です。え？　ということは、これから行くのは……」

足を止めたままこちらを見ている青年に視線を戻す。

青年は無表情のまま足元……否、目の前の断崖絶壁の下を指差した。

「……どうやって下りましょうか？」

ゼノが顔を引き攣《つ》らせながら、そっと崖下を覗き込む。

その瞬間……谷底を覗き込むために前かがみになっていたゼノのお尻を、青年が軽く蹴った。

「なっ⁉」

驚いた表情でこちらを振り返ったゼノは、そのままバランスを崩し谷底に落ちていく。

……なかなか酷いことをするね。

「ちょっ！　何するんですか‼　危ないじゃないですか‼」

落ちていったはずのゼノが顔を真っ青にし、手にしていたお重をギューッと強く胸元で抱き締めながら、呼吸も荒く文句を言ってフワリッと飛んで戻ってきた。

ひとまずゼノは、自分が精霊であり風の力を使うのが得意なことを思い出したようだ。これで、どうやって谷底に下りるかは決まったね。

さて、果たして今の青年の行動は彼なりの協力……ヒントだったのか、それとも……

「…………チッ」

……とりあえず、仮にヒントだったとしても、舌打ちをしている時点で悪意があったのは間違いなさそうだね。

涙目でキャンキャンと文句を言っているゼノと、何も聞こえませんとでも言うように無言でそっぽを向く青年。

やはり青年は闇の王の娘――姫をたぶらかしたロリコン男が気に入らないのだろうな。

「ゼノ、吠えるのはそのくらいにして、さっさと下におりよう」

「殿下もさり気に酷い!! 私、今死にかけたんですよ!?」

「君、自分が精霊で、尚且《なおか》つ水と風の力に長けた高位精霊だってことを忘れてないかい？ そんな君ならたとえ崖から落ちても死んだりしないだろう」

実際に落とされても危なげなく飛んで戻ってきているしね。

……心臓が止まりそうなほど驚きはしたんだろうけど。

「それはそうですけど、もの凄く怖かったんですよ!!」

「……ああ可哀想だね」

「全然心が籠《こも》ってませんよね!?」

どうやら、今度は噛みつく相手を私に変えたらしい。

面倒くさいからスルーしていいかな？ いいよね？

「そんなことはともかく、君が自分が飛べることを思い出しただろう？ 下におりる方法が見つかったんだから、さっさとそこで馬になってくれるかい？」

「酷いっ！ って、馬ってなんですか!? なぜ馬になって私が殿下を運ばないといけないんですか!? もっと別の運び方がありますよね？」

「じゃあ、何かい？　お姫様抱っこで運ぶ気かい？　ちなみに私は嫌だよ？」

「それは……私も嫌ですね」

お互いその状況を想像して、渋い顔になる。

「って、わざわざ抱っこや馬になんてならなくても、力を使えば普通に運べますよ。さっき、私の母上がお重とニホン酒を浮かしていましたよね？　あれと同じ原理でいけます」

「ああ、それなら良かった。じゃあ、それで行こう」

話がまとまったところで、私たちは谷底へと下りることにした。

「……普通、人間は体一つで高いところを飛ぶと怯えるものなんですけど、殿下は顔色一つ変えませんね」

「ゼノが大事な契約主である私を落とすわけがないってわかっているからね」

「信頼してもらえるのはいいんですけど、普通それでも本能的に恐怖を感じるはず……いえ、愚問でしたね。殿下に恐怖なんて感情、ないですよね。ハハハ……」

「さり気なく失礼だね、ゼノ」

ゼノには意図的に人間を殺せるほどの度胸はないし、そもそも今の私は精霊王の許可を得てここにいる。

悪意をもって私に害をなせば、たとえ精霊王の甥であるゼノでもただでは済まないだろう。

もちろん、能力不足による不慮の事故が起こる可能性もなくはないけれど、ゼノほどの力を持った高位精霊が平常時に力不足で私を落とすなんてことは滅多に起こらない。

そんな状況で何を怯える必要があるというのだろうか？

「……さて、やっと着いたね」

トンッと地面に足が着いた感触と共に、一気に足に体重がかかる。

きっと、ゼノがタイミングを見計らって私を浮かせていた風の力を解いたのだろう。

「ゼノに運ばれるのを拒否していたけれど、彼は大丈夫かな？」

私を運ぶついでにと、ゼノは執事服の青年も運ぶことを申し出ていたけれど、それはものの見事に拒否された。

まぁ、彼も精霊だ。

飛ぶことくらい自力でできるのだろう。

そう思ってまだ地面に降り立っていない彼の姿を求めて上空を見上げると、ゼノの風を操るような飛び方とはまた違う、どこかフワフワとした様子でゆっくりと舞い降りてくる青年の姿があった。

……多少時間はかかりそうだけど、あれなら問題はなさそうだね。

「それじゃあ、まずは大亀というのを探すことにしましょうか」

青年が地面に降り立ったところで、ゼノが話す。

青年が谷底を案内してくれるのではないかという期待の籠《こも》った視線を彼に向けるゼノ。けれど彼は、少し離れたところにある座りやすそうな岩場にさっさと移動して、座り込んでしまった。

完璧に観察する態勢だ。協力する気が一切感じられない。

ゼノはその様子を見て、少ししょんぼりしたけれど、すぐに気を取り直し、谷底とは思えない広さを有するその場所をキョロキョロと見回した。

左右は断崖。

長く伸びる谷の片側は見通しが良く、遥か先まで岩以外何もないのがわかる。

一方、反対側は小山のような大きな塊が邪魔をしていて見通しが悪く、その先に何があるのか見えなかった。

「う〜ん、向こうは何もなさそうですし。あの大きな岩の向こうが怪しいですね」

そう言って歩き出したゼノの後に続く。

近付くと、その小山の巨大さがよくわかる。

……それにしても、この小山？　大岩？　に入っている規則正しい模様のようなものが気になる。

この模様、どこかで見たことがあるような……

「とりあえず、この大岩に登って向こうに亀がいないか確認してみますね」

「……いや、やめておいたほうがいいと思うよ？」

だって、やはりこの模様には見覚えがあるからね。

「しかし、このままだとこの岩が邪魔で向こうが見えないじゃないですか。大丈夫ですよ。風の力を使えばそんなに大変ではないんで」

風の力を使うなら、そのいかにも怪しさ満点な小山になんて登らず、飛べばいいんじゃないかな？

「私は止めたよ？」

「大丈夫ですよ。ここは精霊界なんで、人間界にいる時ほど力をセーブする必要はないですから」

「そうかい？　それなら……念のため、君が持っている重箱だけ預かっておいてあげるよ」

「……殿下が優しいと何か怖いですね」

「これは優しさではなくて、バーティアが頑張ったいなり寿司を守るための行為だから大丈夫だよ」

ニッコリと微笑むと、怯えた様子でゼノが重箱を差し出してくる。

それを受け取ったところで、私は小山から距離を取り、執事服の青年同様、座りやすい岩を見つけて腰かけた。

私と青年が見守る中、ゼノが風の力を使って小山をトンットンッと軽い足取りで登っていく。

そして、小山の頂上まで登り切ったその時だった。

「グオオオオ!!　誰じゃ！　儂の背中に無遠慮に登る奴は!!」

小山が怒鳴った。

次の瞬間、小山が揺れ、そこから手足が生えてくる。

「つ!?　へ？　え？　えぇぇぇぇぇっ!?」

怒鳴り声と揺れに驚いたゼノが、慌ててバランスを取りながら悲鳴にも似た声を上げる。

「……ほら、やっぱり。だから登らないほうがいいって言っただろう？」

ゼノの慌てっぷりを眺めつつ呟くと、それがしっかりと耳に入っていたらしいゼノが涙目でこっちを見る。

「わ、わかっていたなら教えてくださいよ!!」

「私はちゃんと止めたじゃないか。それに、真っ黒な上に苔《こけ》も生えていて見えにくくはあるけれど、その亀の甲羅特有の模様を見ればすぐに気付くだろう？　大体、探している相手が大亀って時点で怪しまないほうがどうかしていると思うよ」

文句を言うゼノに肩を竦めてみせる。

今回、私は悪くないよね。

ちゃんと親切にやめたほうがいいって教えてあげたし。

まぁ、ちょっと面白いことになるかなぁって思って、なぜやめたほうがいいと思ったのかは敢《あ》えて言わなかったけれど。

「正論！　正論ですけど、何か納得がいきません!!」

突然背中に乗られたことに怒って暴れている大亀の甲羅に必死にしがみつきながらゼノが叫ぶ。

……あれって、多分しがみつくより、飛んで距離を取ったほうが正解だよね。

「ゼノ、今は私とそんなお喋《しゃべ》りをするよりも、その大亀に謝って甲羅の欠片をもらえるように交渉したほうがいいんじゃないかい？」

「それができる状態じゃないじゃないですかぁぁぁ!!」

「グォオオオ」

吠えて暴れ続ける大亀と、涙目でしがみつくゼノ。

確かに謝ったり交渉したりする前に舌を噛みそうだよね。

二人の攻防はしばらく続いたが、最終的にゼノがふっ飛ばされ、岩にぶつからないように風の力を使って飛んだことで一旦終わりを迎えた。

その時のゼノの表情は面白かった。

飛ばされて初めて、頑張ってしがみつく必要などなかったことに気付いて愕然《がくぜん》としていたから。

＊＊＊

「……というわけで、失礼を働いた上でこのようなお願いをするのは大変申し訳ないのですが、どうかその甲羅の欠片をいただけないでしょうか？」

甲羅から下りた後、ゼノは大亀の顔の前まで移動して、綺麗な土下座で不躾《ぶしつけ》に登ってしまったことを平謝りした。

大亀も岩や小山だと勘違いされることは時々あるらしく、悪気がなかったのだとわかると比較的すんなりと許してくれた。

そして始まった交渉。

突然「甲羅の欠片を寄越せ！」では賊と変わらないため、ゼノが誠心誠意頑張ってここに至るまでの経緯と、甲羅の欠片が欲しい理由を説明した。

説明した……のだが……

「おぉおぉ、言われてみれば、闇狐が儂の甲羅の欠片が欲しいと言っておったな。なんぞ説明もされた気がする」

……どうやら、事前にクロの母が話を持ってきていたようだ。

どんな風に伝えられているのかはわからないけれど。

「では、甲羅の欠片を譲っていただけるのですか？」

ゼノの目が嬉しそうに輝く。

でも、そんなに上手くいくのかな？

だって、これはクロの母の課した課題だよね？

そんなことを考えながら成り行きを見守っていたら、案の定だった。

「欠片程度なら痛くもなんともないでな。別に構わんが……ただくれてやるのは面白うない。そうじゃ、力ずくで奪えたらくれてやるわい」

「へ？　いや、そういう危険なのはちょっと……。できれば穏便にですね……」

「ほれ、行くぞ？　今度は精霊としての力も使うでな。頑張れ、若人」

こうしてゼノと大亀の第二回戦が始まった。

＊＊＊

「ちょっ！　危ない!!　えぇぇぇ!!　そこで結界を使うのは卑怯ですよ!!　うわぁぁぁ!!」

ゼノの絶叫が谷底に木霊《こだま》し始めてから三十分ほどが経過した。

大亀は闇の力を使った結界で無傷。

ゼノは怪我こそしていないが、ボロボロだ。

それにしても、結界って先を尖らせて相手に向かって飛ばしたり、頭上から下ろしていってプレスしたり、色々と応用が利くんだね。

ゼノは、闇属性は防御特化って言っていたけど、考え方を柔軟に変えていけばそうでもないいんじゃないかな？

実際に、ゼノも結構ダメージを食らっているし。

「殿下！　そこでのんびり観戦してないで手伝ってくださいよ!!」

「無理だよ。私はただの人間だからね」

「殿下なら大丈夫です!!　それに伯父上に力を宿してもらった剣もありますよね!?　甲羅の欠片を

取るくらいはできますよね⁉」

「……頑張れ、ゼノ」

できなくはないけれど、面倒ください。

それにこれはゼノの課題なんだから、できるだけゼノ個人で頑張ったほうがいいだろう。

「そんなぁぁぁぁ‼」

「ほれほれ、そんな避けてばかりでは儂の甲羅の欠片は取れんぞ？」

「こうなったらもうやってやるぅぅぅ‼」

防戦一方だったゼノが、ついに動き出した。

……うん、もう少ししたら倒すことはできなくても甲羅の欠片くらいは取れるんじゃないかな？

「おやおや、まぁ。大黒亀《おおくろがめ》が何やら楽しそうにはしゃいでると思ったら、お客さんが来てたのね」

再び観戦の態勢になったところで、不意に傍らにニコニコと笑みを浮かべた老婆が現れた。

……この精霊、声をかけてくるまでまったく気配を感じられなかったな。

「あの大黒亀……大亀の精霊のお知り合いですか？」

「ええ、もちろん。長い付き合いよ」

そう言って老婆は私の隣に腰かけた。

「私はセシル・グロー・アルファスタと申します。あそこで大黒亀と一緒にはしゃいでいる精霊の契約者です」

「まぁまぁ、これはご丁寧に。それであの二人はなんであんなにはしゃいでいるのかしら？」

「実はですね……」

私は老婆にこれまでの経緯を話した。

「……なるほど。そういうことだったのねぇ。だからあんなに大黒亀は嬉しそうにはしゃいでるのね」

話を聞き終えた老婆は納得したように一つ頷くと、未だに戦い続けているゼノと大亀を慈愛に満ちた眼差しで見守る。

「あ、良かったら、これ食べませんか？　私の妻と彼の伴侶であるクロが作ったものなんですけど、美味しいですよ」

そう言って、私は五段あるお重の一番下の段を取り外して彼女に差し出した。

なぜ一番上の段ではないのかといえば、単純にこの後、残りの分を持ち運ぶのにそのほうが便利だからだ。

このお重は時狼の時止めの力がかけられていて、蓋を開けた段から時が進み始めてしまう。

だから、ここで一段すべて食べ切ればいいけれど、食べ切れず、残った分をお重ごと彼女にあげようと思ったら……上の段を外したタイミングで、必然的に下の段の時まで進んでしまう。

お重というのは一番上以外に専用の蓋がなく、上の段の底が下の段の蓋になっている形だからね。

逆に下から取れば、老婆に渡す段に蓋は付かないものの、手を付けてない他の段の時は止まったままなのだ。

「あら、私が食べてもいいの？」

「ええ、もちろんです。余りもののようで申し訳ないのですが、これは妻たちが少し多めに作ってくれた分なので、もらい手がいないんですよ。食べていただけたらきっと彼女たちも喜びます」

「それならいただこうかしら。あなたも一緒に食べましょう？　そろそろ小腹が空く頃でしょう？」

「ではお言葉に甘えて……」

私が差し出したお重から老婆がいなり寿司を一つ手に取り、口に運ぶ。それを見てから私も一つ手に取って食べ始めた。

途中、少し離れたところでゼノたちを見ていた執事服の青年と目が合ったため、手招きをして一緒に食べようと誘ったが、彼はなぜか少し怯えた様子で首を振り、近寄ってきすらしなかった。

「まったく、礼儀がなってないわねぇ」

それを見ていた老婆が溜息を吐く。

「彼には彼の事情がきっとあるんですよ」

私は少しだけ彼のフォローをしておいた。

仮に私が彼の立場だとしても、複雑な気持ちになっただろうから、あまり彼を責めることはできない。

「そう？　でもあんまり酷いようなら言ってちょうだい？　私がガツンッと言ってあげるわ」

そう言って老婆は茶目っ気たっぷりにウインクしてみせた。

「お気遣いありがとうございます。でもひとまずは、彼らの奮闘を楽しみましょう」

「そうね、楽しみましょう」

顔を見合わせ、微笑み合う。

彼女とはなんだか気が合いそうな気がする。

「ちょっと、楽しまないでください‼　楽しくなんてないですから‼　私がボロボロになってるの、目に入ってます⁉」

そんな私たちのやり取りに反応してゼノが叫ぶ。

うん、頑張れゼノ。

「大黒亀もそろそろ疲れてきているみたいね。負けることはないと思うけれど、隙はできるだろうし、決着は近そうだわ」

「同感です。……まぁ、大黒亀よりもゼノのほうが疲れていそうなんで、隙をつくだけの体力が残っていればの話ですけどね」

それから十分ほどして、大亀が足を少しよろめかせる。ゼノは最後の体力を振り絞って、なんとかその隙をつき、無事に大亀の甲羅の欠片を手に入れることができたのだった。

＊＊＊

「おお、久しぶりにいい運動になったぞ。ゼノとかいったな。楽しませてくれて感謝するぞ」

「運動……楽しむ……。いえ、いいんです。目的のものは手に入ったので。私はボロボロですけど」

ぐったりとした様子のゼノと、まだまだ余裕が感じられ、心底楽しそうな大亀。

ゼノも一応、精霊王の血筋の高位精霊のはずなんだけど……この大亀、かなり大物だね。

「それでは、私たちはこれで……」

「ふふふっ、いなり寿司、ありがとう。美味しかったわ。大黒亀の分までもらってしまって悪かったわね」

「いいえ、お気になさらず」

実はあの後、ゼノとの勝負を終えた大亀が、私と老婆が食べているいなり寿司に興味を示した。

だから、お重ごとすべてあげようとしたんだけれど、さすがにそれは遠慮されてしまったため、私たちが食べていたお重の残りともう一段分のお重を大亀用にあげることにしたのだ。

「これ、お礼になるかどうかわからないけれど、良かったら奥さんにあげてちょうだい」

そう言って、老婆はどこからともなく漆黒の美しい羽を一枚取り出して私に差し出した。

なんの鳥の羽かはわからない。

というか、ただの鳥の羽ではなく、精霊の羽なのだろう。

ここではありふれたものかもしれないけれど、人間の世界では手に入れられないに違いない。

そんな私たちのやり取りを聞き、大亀がその大きな顔を私に向けた。

「契約者殿、気を遣わせて悪かったな。例のいなり寿司とやら、後で美味しくいただくとするわい」

「そうしていただけると妻たちも喜びます」

簡単に挨拶を終えて、谷底を後にしようとしたその時だった。

突然、老婆が何かに気付いたかのように曲がっていた背筋をピンッと伸ばし、虚空をジッと見つめた。

「あら～、通信が入っているみたいね。大黒亀、ちょっと甲羅を貸してちょうだい」

「おお、構わんよ。どこでも好きなところを使うといい」

状況がわからず黙って成り行きを見守っていると、老婆は大亀の甲羅の一ヶ所にソッと手を当てた。

すると老婆の手から一瞬黒い光が放たれ、次の瞬間に、その部分の甲羅が、他の場所とは明らかに違う、黒曜石のような輝きと滑らかさを持った。

そして、その一メートル四方の黒曜石のような部分に何かが映し出される。

「うむ、なかなか上手く映ら……おぉ、映ったぞ！　バーティア、クロ、やっと通信が繋がったぞえ」

「えぇ⁉　今このタイミングでですの⁉　師匠がもう繋がらないって仰《おっしゃ》るから片付け始めてしまいましたわ‼」

最初に聞こえたのは、クロの母の声だった。そして続くバーティアの元気な声。

声が聞こえると同時に、ぼんやりとして何が映っているのかわかりづらかった映像が、徐々に鮮明になっていく。

映し出されたのはクロの母のドアップと、その後ろで慌てた様子で手錠を自らの手首にかけ、背後にあった檻に駆け込むバーティアの姿だった。

……ねぇ、バーティア。君、一体何をしてるんだい？

「ゴホンッ。どうやら、その様子じゃと、最初の課題はクリアしたようじゃの。しかし、時間がかかりすぎじゃ。早くしないと、この者たちが悲しむぞえ？」

咳払いの後、いきなり悪役っぽい口調で語り始めるクロの母。

一体、何が始まったのだろう？

「セ、セシル様！　私は無事ですわ‼　心配はいりませんわ‼　……あ、クロ。クロもこっちに来てゼノに話しかけないといけませんわ」

自ら入った牢屋の中から、満面の笑みを浮かべて語り始めるバーティア。

うん、知ってる。

クロの母が預かってくれている時点で安全なのはわかっているし、今は牢屋に入って囚われているっぽく振る舞っているけれど、さっきまで外でのんびりしてたのも、自分で手錠をかけていたのも見ていたからね。

というか、クロは自分では上手く手錠をかけられなかったみたいで、手錠を持って牢屋の扉を開けて中に入り、現在進行形でパーティアに手錠をしてくれるように頼んでいるしね。

あ、クロが適当に閉めたから牢屋のドアが少し開いたままになっているよ。

えっと……これは、囚われた姫みたいなシチュエーションをやりたいってことかな？

あっちに、誰か彼女たちを止めたりツッコミを入れたりする人はいないのかな？

「……」

いつの間にか私の隣に移動してきていた執事服の青年が、映っている光景を見て皺《しわ》の寄った眉間をもんでいる。

なるほど。ツッコミ役の青年がこちらに寄越されているから、誰も止める人がいないんだね。

「……ひとまず、元気な姿が見られて安心したよ。もう少ししたら会いに行くから、それまで大人しくしているんだよ？」

それ以外は何も言えなかった。

後のコメントはゼノに任せることにしようか。

「え？　え？　クロ？　牢屋に手錠？　どういう状態なんだい？」

ゼノは絶賛混乱中らしい。

老婆は変わらずニコニコしており、大黒亀は……ああ、自分の甲羅に映されているから見ることができないね。

「フフフ……。早《は》よ来ねば、娘たちを妾の虜にしてしまうえ？　……バーティアよ、こんな感じでいいのかえ？」

「そうですわ!!　さすが師匠ですわ!!　最強の悪役っぽくてかっこいいですわ!!」

「そうかの？　妾もなんぞ楽しくなってきたわい。……では、城にて待っておるでの。早《は》よ課題をクリアして戻るのじゃ」

……ブツッ。

通信とやらが切れた。

映っていたバーティアたちの姿が見えなくなる。

「「……」」

「……とりあえず、皆元気そうで良かったね」

場に流れる微妙な空気と静寂を前に、私に言えるのはそれだけだ。

……ねぇ、バーティア。君はクロの母まで巻き込んで本当に一体何をやっているんだい？

七　パーティア、城で留守番中②

意味がわからない光景を見せられた後、私たちは敢《あ》えてそこには触れずに大亀たちと別れの挨拶を済ませ、次の課題を達成すべく移動を開始した。

「またこのパターンなんですね」

ゼノが、無言で前を歩く執事服の青年の背中を見て苦笑する。

「仕方ないよ。彼との関係が改善するようなことは何もしていないしね」

「確かに……そうですね」

彼がしていることは道案内と観察のみだ。

会話をすることもなければ、課題に協力してくれるわけでもない。

いや、ゼノを谷底に蹴り落としたのは一応協力になるのかな？

ゼノからすれば、攻撃でしかなかっただろうけれど。

「次は『森に住む紫薔薇の精霊が大切に守っている綿で作った布地』だっけ？」

「はい。確かにそう書いてあります」

ゼノが課題の紙を取り出し、確認して頷く。

谷底から出た私たちは、再び闇の領域の森に戻ってきていた。

周囲には木々が生い茂っているけれど、今のところ紫薔薇も綿も見当たらない。

「結構森の奥のほうなんですね」

「そうみたいだね。私がいなければ精霊だけになるからもっと移動も速かったかもしれないけど。……今からでも先に城の門まで戻って待っていようか？」

バーティアのことも気になるし、先に城に戻って適当に説得して、中に入れてもらっておくのもいいだろう。

さっきの様子を見ると、クロの母を言いくるめるのは難しくなさそうな気がするしね。

「や、やめてください。この空気の中で彼と二人きりとか、どんな拷問ですか」

「大丈夫。ゼノは意外と図太いから」

「殿下と一緒にいると、図太くならざるを得ないのは確かですけど、余計なストレスは感じたくありません。ここまで来たんだから、最後まで一緒に行きましょう！　そうしましょう‼」

ゼノが私の腕をガシッと掴み、「逃がさない」という強い思いを乗せた視線を向けてくる。

……私の腕はバーティア専用なんだけどな。

まぁ、いいか。

多分、私の予想だと、この後も結構面白いことになると思うし。

……主にゼノがね。

「ああ、そう言っている間に着いたみたいだよ？」

少し先を歩いていた執事服の青年が足を止めて、こちらを振り返っている。

表情からして「さっさと来い」とでも言いたいのだろう。

「ここ……ですか。確かにありますね、紫の薔薇」

森の中の少し開けた空間。

闇の領域だから、開けていて背の高い木がない状態でも、日の光がそこを照らすことはない。

その空間と生い茂る紫の薔薇を照らしているのは、あくまで星の光だ。

周囲は木だらけなのに、そこだけは薔薇だけで覆《おお》い尽くされている少し異様な光景を見て、ゼノがゴクッと唾を呑んだ。

……さっき、散々大亀に攻撃されたばかりだものね。警戒くらいするか。

「殿下、お先にどうぞ」

「いや、だからこれは君に与えられた課題だろう？」

私の後ろに隠れようとするゼノを、笑顔で前に押し出す。

私の行動を見ていた執事服の青年がどこか満足げな様子で、こちらに向かって一度大きく頷いた。

うん、やっぱりこれで正解だったみたいだね。

「やっぱりそうなりますよね。わかっていましたよ」

「はぁぁ」と深い溜息を吐き、肩を落としたゼノが重い足取りで紫薔薇が生い茂る場所へ歩いていく。

ちなみに、ここに来るまでの間ゼノに運ばせていたお重は、彼が紫薔薇に向かうタイミングで回収した。

またさっきみたいなことが起こったら……というか高確率で起こる気がするから、妻たちが頑張って作ったいなり寿司を守らないとね。

え？　ゼノのことは守らないのかって？　もちろん、守らないよ。

大丈夫、大丈夫。ゼノは強い子だからね。

ゼノが紫薔薇の藪《やぶ》の前に行くのと入れ代わるように、執事服の青年がこちらに戻ってくる。

……君も巻き込まれないように逃げてきたんだよね？

私のいる位置よりもさらに後ろに下がろうとする彼と、すれ違いざまに目が合う。

彼はニヤリッと笑った。

どうやら予想通りみたいだね。

「あの、すみません！　紫薔薇の精霊さんはいらっしゃいますか？」

ゼノが紫薔薇に向けてかけた声が、静かな森に響く。

次の瞬間、ゼノの正面あたりの紫薔薇の藪《やぶ》がスルスルと生き物のように動き、左右に分かれていった。

そして藪《やぶ》が分かれることでできた空間を、青紫の髪に紫の瞳を持つ壮年の男が歩いてくる。

「なんだ？　俺に何か用か？」

男はゼノの姿を捉えると、眉間に皺《しわ》を寄せて訝《いぶか》しげな顔をする。

そんな男の背後——紫薔薇の藪《やぶ》に左右を挟まれた通路のその先に、チラッとだけれど綿っぽい植物が生えているのが見える。

どうやらあれがお目当ての代物のようだね。

『紫薔薇の精霊が大切に守っている綿』。

紫薔薇の棘だらけの藪《やぶ》に囲まれ、守られるように生えているそれは、まさに言葉通りの代物だろう。

さて、あれだけ大切にしているとなると、交渉の仕方も気を付けないと大変なことになると思うけど、どうかな？

私は口元に小さな笑みを浮かべ、ゼノと男の成り行きを見守る。

「実は……」

ゼノが大亀にしたのと同じような説明とお願いをする。

ああ、馬鹿だな。

そんな風に大切にしているものに対して直球で「ください」なんてお願いしたら……

「はぁぁぁっ!?　貴様ふざけているのか？　俺の大切な綿がそんなに簡単にもらえるもんだと思ってんのか？　ちくしょう！　俺の可愛くて大切なものを持っていこうとする不届き者のくせしや

がって」

あ〜あ、紫薔薇の精霊が怒り始めちゃったね。

「ひぃぃ！　すみません、すみません！　でも軽い気持ちで欲しいなんて言ったわけではなくてですね‼」

謝りつつも、クロのところに戻るためにはどうしても諦めるわけにはいかないゼノが、さらに言い募ろうとして……火に油を注いだ。

それはもう、一目でわかるようにたっぷりドクドクと大量の油を注いだ。

顔を真っ赤にした紫薔薇の精霊の手足が棘だらけの薔薇の蔓《つる》へと変わり、ゼノを追う。

それに呼応するように、開けた空間に咲き誇っていた紫薔薇の藪《やぶ》が蠢《うごめ》き、ゼノに襲いかかった。

「追いかけっこ第二ラウンド開始って感じかな？」

正確にはさっきの大亀とのやり取りは追いかけっこではなく戦いごっこだったんだけど。攻撃されてボロボロになって逃げて、相手を傷つけない程度に攻撃することで身を守って……というやり取りは、ほぼ一緒だ。

「さて、私はどうしようかな？」

さっきは途中から老婆が来てくれたから、話し相手に困らなかったけど、今度はどうしようか？

正直、相手の戦い方は違えど、ゼノがボロボロにされるという流れは一緒だから、見ていて飽きるのも早そうだ。

そんなことを考えつつ、しばらくは紫薔薇の精霊の攻撃の仕方を中心に観察する。

大亀はその巨体ゆえにほとんど動かなかったけれど、紫薔薇は縦横無尽に蔓《つる》が動くから攻撃方法にバリエーションがあって、それなりに見応えがある。

そして、ふと気付いた。

……ねぇ、紫薔薇の精霊。ゼノを攻撃することに夢中になりすぎて、君の大切な綿を守る薔薇の藪《やぶ》がなくなっちゃっているけどいいのかい？

チラッと紫薔薇の精霊のほうに視線を向ける。

うん、ゼノを追いかけることに熱中して、かなり離れたところまで移動している。もちろん、こちらのことは一切気にしていない。

「……盗む気はないけど、様子だけ見てこようかな？」

紫薔薇の防御壁を失い、広い空間の中央にポツンと取り残された状態になっている綿の群生地に向かう。

特に慌てることなく、ゆっくりとね。

綿の生い茂る場所に近付くと、そこに一人の小柄な少女がいるのに気付く。

生い茂っている綿と同じ、純白の綺麗な髪をした少女だ。

「おや、君はこの綿の精霊かい？」

少女は私の存在に気付くと、ニパッと屈託のない笑みを浮かべた。

「君はここで何を……あぁ、一緒にいた紫薔薇の精霊がゼノと追いかけっこをしているから、それを見ていたんだね」

綿の群生地の端にある、座りやすそうな大きさの岩。

そこに座って、彼女は足をブラブラさせながら、ゼノと追いかけっこをしている紫薔薇の精霊を指差した。

……なるほど。紫薔薇の精霊が本当に守りたいのはこの少女――綿の精霊なのだろう。

「私も、契約している精霊が追いかけっこに行ってしまって暇をしていたんだ。ご一緒させてもらってもいいかな？」

警戒されないように気を付けつつ微笑みかける。

彼女は満面の笑みのまま、嬉しそうに何度もコクコクと頷いた。

「これ、良かったら食べるかい？　私の妻とあそこで追いかけられている精霊の伴侶が一緒に作ったいなり寿司というものなんだけど」

少女が少し横にずれて私も岩に座れるようにスペースをあけてくれる。そこに腰を下ろして、老婆の時と同様にいなり寿司をすすめた。

彼女はキョトンとした表情をしていたけれど、私が先にいなり寿司を食べてみせると、それが食べ物であることを理解して嬉しそうに手に取り頬張る。

……老婆と一緒に食べた時、食べる量を少なくしておいて良かったな。

さすがに少女にすすめておいて自分はまったく食べないというわけにはいかない。付き合いで一つくらいは食べないと、相手に気を遣わせちゃうからね。

「気に入ったみたいだね。良かったよ」

いなり寿司を一口食べて目を輝かせた少女は、私に対してグッと親指を立ててみせた。

そしてもの凄い勢いで、手に持っていたいなり寿司を平らげる。次いで、私の顔を窺《うかが》うように見てくる。

私は再び重箱を差し出し、おかわりをすすめた。

少女は最初、小首を傾げて「いいの？」と尋ねるような素振りをみせたが、私が頷くとパァアッと顔を明るくし、そこから先はひたすらいなり寿司を食べ続けた。

「美味しいかい？　……食べすぎてお腹を壊さないようにね」

お重の中にぎっしりと詰められていたいなり寿司があっという間に半分ほどになったのを見て、思わず苦笑しながらそんな忠告をしてしまう。

こちらに悪気はなかったとしても、少女が食べすぎて腹痛を起こしたら、あの過保護そうな紫薔薇の精霊が文句を言ってきそうだ。

少々面倒くさそうだから、それは勘弁してほしい。

そうこうしているうちに、重箱の中のいなり寿司は残り一割ほどになった。

しかも、少女はまだ食べたそうにしつつも、チラチラと紫薔薇の精霊のほうを見ている。

おそらく、もうなくなってしまいそうだけど、美味しいものだったから彼にも食べさせてあげたいということだろう。

そして、まだ開けていないお重の段があることに気付き、今度は私のほうをジーッと見てきた。

さて、どうしたものか。

元々予備用だからあげるのは問題ないけど……

「これが欲しいのかい？」

まだ蓋を開けていないほうのお重を軽く持ち上げてみせる。

少女は躊躇《ためら》いがちにコクンッと頷く。

そしてジーッと私の顔を見てくる。

別に無視しようと思ったら無視はできるけれど、期待に満ちた瞳の圧が強い。

……まぁ、別にいいかな。

この後は帰るだけだしね。

「いいよ、あげるよ。どうぞ」

私の言葉を聞いた瞬間、少女は立ち上がり、ピョンッと飛び跳ねて喜んだ。

……見た目は少女でも、確実に私の何十倍も生きているはずなんだけどな。この精霊を見ていると、バーティアが可愛がっている孤児院の子供たちをつい思い出してしまう。

最初は怯えていたのに、バーティアと一緒に何度か会っているうちに、最近では私に対しても少しずつ懐いてくるようになった子供たち。

バーティアほど純粋に「可愛い」とは思えないけれど、それでも以前よりは気持ちが動くようになってきた気がする。

「美味しそうに食べてくれるのは嬉しいし妻も喜ぶと思うけれど、あまり一気に食べてはいけないよ。あと、彼にもあげたいなら、今食べている段のいなり寿司を食べ終えたら、次の段は彼と一緒の時に開けてね。一応時の精霊に頼んで時止めの力を施してもらってあるから」

私の説明を真剣な顔で聞いた少女は「うん、うん」と何度も頷いてから、ふと何かを思いついたように背後に広がる綿の群生地に入っていった。

……なるほど。この綿の群生地も、綿の精霊である少女が入ろうとすれば道が開くんだね。

しばらくすると、少女は綺麗に畳まれた純白の布を持って戻ってきた。

「ん？　どうしたいんだい？　くれるのかい？」

少女は無言のままニコニコと私に布を差し出してくる。

……これ、どう考えても、ゼノが紫薔薇の精霊に追いかけられる原因になっている布だよね？

チラッとゼノたちのほうを見ると、彼らはまだ追いかけっこをしている。

ちなみに追われているゼノは、棘だらけの蔓《つる》で攻撃されているため、今回もボロボロになっている。

さて、どうしよう。

目の前の綿の精霊は、この布を私にくれると言っている。

多分、いなり寿司のお礼のつもりだろうから、断るのも悪い気がするな。

でも、これが欲しくてゼノは今ボロボロになりながらも諦められず、紫薔薇の精霊に頼み込んでいるのだ。

そのそばでまったく苦労をしていない私がこれをもらってもいいものか……

「……まぁ、いいか」

私がちょうだいと頼んだわけではない。

綿の精霊が自らくれると言ったのだ。

ゼノに遠慮してもらうのをやめるのもおかしな話だろう。

「綺麗な布だね。ありがとう」

ご機嫌な精霊に笑顔でお礼を言う。

その後、食べかけのお重に残っていたいなり寿司をすべて平らげた綿の精霊が、再び綿の群生地に入っていき、今度はお茶を持ってきてくれた。

それを飲みながら私たち二人はのんびりと、ゼノたちの追いかけっこが終わるのを待つ。

……あぁ、この緑色のお茶、バーティアが好きそうだな。

＊＊＊

お茶を飲み終えてしばらくした頃、逃げ惑っていたゼノが不意にこちらを見た。

視線が合ったから、応援の意味を込めて軽く手を振ってみる。

するとなぜかゼノは愕然《がくぜん》とした表情になり、こちらを凝視したまま固まった。

今まで必死で逃げていた相手がよそ見をして急に動きを止めたものだから、紫薔薇の精霊も違和感を覚えて攻撃の手を止める。

そして、ゼノの視線を追うようにこちらを見て……彼も愕然《がくぜん》とした表情で固まった。

私は彼と知り合いでもなんでもないから手を振らなかったけれど、隣に座っていた綿の精霊が嬉しそうにブンブンと手を振っている。

ゼノと紫薔薇の精霊の間に静寂が流れる。

ちなみに私たちのほうは、ご機嫌な綿の精霊が今もなお紫薔薇の精霊に楽しそうに手を振り続けているので、向こうに流れているような微妙な空気はない。

しばらくすると、ゼノと紫薔薇の精霊が二人同時にハッとした表情になり、なんとも言い難い顔つきで私たちのもとに二人仲良く歩いてきた。

「……なんで既に綿で作った布地を手に入れているんですか」

「ん？　二人が追いかけっこをしている間に仲良くなった彼女にいなり寿司をあげたら、彼女がお礼としてくれたからじゃないかな？」

あった出来事をそのまま答えたら、ゼノが頬を引き攣《つ》らせ、「納得がいかない」とでも言いたそうな渋い表情になる。

「なんでお前もこいつに大切な布をやっているんだ！」

ムスッと不機嫌そうな紫薔薇の精霊も、綿の精霊に尋ねる。

そんな彼に対して綿の精霊は一切臆することなく、変わらぬニコニコ笑顔で、私があげたお重を紫薔薇の精霊に手渡す。

「……美味いものをくれたからお礼にあげたって？　お前、餌付《えづ》けされたのか」

こちらも渋い顔はするけれど、嬉しそうに報告している綿の精霊に強くは出られないのか、紫薔薇の精霊は気が抜けたようにガックリと肩を落とした。

まぁ、自分が必死に戦って守っていたものを、当の守られている持ち主が勝手にあげてしまったのだから脱力もするだろうね。

うん、少しフォローは入れておこうかな。

「それは、彼女があなたにあげたいというので、あげたのですよ。どうやら、自分が食べて美味しかったものをあなたにも食べてほしかったみたいですね」

ニッコリと微笑んでそう伝えると、紫薔薇の精霊はこちらをチラッと見た後、わずかに頬を赤らめて「そうか」とぶっきらぼうに言い、そっぽを向いた。

顔は背けつつも、綿の精霊の頭を撫でているあたり、きっと嬉しかったんだろう。

「それで、この布地はお返ししたほうがいいですか？」

なんとなく返ってくる答えはわかっているけれど、念のために紫薔薇の精霊に尋ねる。

ゼノは「折角手に入れたのに返すんですか⁉」と驚いたように声を上げているけれど、持ち主である本人はいいと言っていても、それを守っていた彼が嫌がるのであれば返したほうがいいだろう。

不満を残せば、後で遺恨になる。

それなら、一度返却して、改めて紫薔薇の精霊が納得のいく形で譲ってもらったほうがいいと思う。

……大体、これは本来ゼノへの課題だしね。

紫薔薇の精霊は私の言葉に少し思案したものの、傍らの綿の精霊が彼の服をギュッと握り「いけないの？」とでも言いたげな様子で首を傾げたのを見て、観念したように片手で頭を掻きむしった。

「あ～、くそっ！　その布の持ち主である本人が分けてやると言っているんだ。くれてやる」

まぁ、そうなるよね。

私が彼の立場だったとしても、おそらくそうすると思う。

仮に、バーティアにあんな風に「駄目だったんですの？」なんて悲しそうに聞かれたら、もう諦めるしかない。

今回の課題については少々ゼノに協力しすぎる形になってしまったけれど、これは不可抗力だろう。

それに、一応ゼノも頑張っていたしね。

彼が紫薔薇の精霊を引き付けておいてくれなかったら、私はきっと彼女と話をするどころか、彼女があの場所にいることにすら気付けなかっただろう。

その点に関してはゼノのお手柄ともいえる。

「認めてくださってありがとうございます」

「ん？　ああ、なんだ。お前は気付いていたのか」

私のお礼の言葉に一瞬訝《いぶか》しげな表情になった紫薔薇の精霊だったが、その言葉の意味を理解したのか納得した様子で頷く。

……まぁ、これだけ情報が集まればね。いくつかポイントとなる情報が抜けていたとしても気付くよね。

そんな思いでチラッとゼノのほうを見ると、彼は「よくわからない」とでも言いたげな様子で首を傾げていた。

そうか。ゼノはまだ気付いていないんだね。

なら……自分で気付くか、答え合わせが行われるまでは私も黙っておこう。

そのほうがきっと面白いリアクションが見られるだろうし。

「さぁ、課題は全部クリアしたし、さっさと闇の王の城に帰ろう。私もそろそろバーティアに会いたいしね」

闇の王の城に残してきたバーティア。

大亀のところでは図らずも向こうの様子を見ることができた。

できた……けど、余計に心配になった。

このままだと城に戻る前に、もう一つ二つやらかしていそうだ。

そして、私がここにいてはそれを止めることも観察することもできない。

止められないなら、せめて妻の面白可愛い姿を観察したい。

その時、ある考えが頭に浮かんだ。

これは結構いけそうな気がするんだけれど……さて、どちらに頼むのが正解なのかな？

私は紫薔薇の精霊と綿の精霊、それぞれにゆっくりと視線を向ける。

最初に目が合ったのは、綿の精霊だった。

私の視線に気付き、「どうしたの？」とでも言うかのように首を傾げる。

……うん。ここはやっぱり無難に綿の精霊に頼むのが正解かな？

もし、できるのが紫薔薇の精霊だったとしても、綿の精霊さえ了承してくれれば、紫薔薇の精霊に頼んでもらえそうだしね。

「ねぇ、帰る前に妻たちの様子が見たいんだ。さっきは谷底にいた闇の精霊が、闇の王の城から送られてきた映像を見せてくれたんだけれど……こちら側から向こうの様子を見ることってできるのかな？」

私の言葉にキョトンとした綿の精霊だったけれど、すぐに私のしたいことを理解してくれたようで、腕を組んで少し考え込むような様子を見せる。

やがて、ポンッと片方の掌をもう片方の握った手で叩き、グッと親指を立てた。

どうやら任せておけということらしい。

「ん？　なんだ？」

トテトテと紫薔薇の精霊に駆け寄った綿の精霊は、身振り手振りで何かを紫薔薇の精霊に伝える。

私からしたらよくわからないが、紫薔薇の精霊には伝わったらしく、「それでいいのか？」などとやり取りした後、頷いていた。

「そんなにデカくないほうがいいんだろう？」

そんな確認を綿の精霊にしながら、紫薔薇の精霊が軽く指を動かすと、そばにあった紫薔薇がスルスルと蔓《つる》を伸ばし長方形の枠を作る。

それに「うんうん」と頷き満足そうな顔をした綿の精霊は、綿の密集地に走っていき、奥からもう一枚純白の綿の布を持ってきた。

「それをどうするんだ？」

不思議そうな顔をしている紫薔薇の精霊に綿の精霊はその布を手渡し、再び身振り手振りで指示を出す。

「なるほど」

紫薔薇の精霊は綿の精霊の指示通りにその布を広げて、紫薔薇の蔓《つる》で作った枠にはめていった。

その際に、布を傷付けないように上手く蔓《つる》の位置や角度、形を調整しているあたり、この紫薔薇の精霊がどれだけ綿の精霊のことを大切にしているのかがよくわかる。

「よっと。これで完成だな」

紫薔薇の蔓《つる》でできた長方形の横長の枠に張られた白い綿の布。

それを見て満足そうな綿の精霊は、私に向かってニッコリと微笑み、その白い布を指差す。

「ああ、もしかしてそこに映してくれるっていうことかい？」

精霊たちの行動や作られたものの形状から予測して尋ねると、「正解！」とでも言うように、綿の精霊がパチパチと拍手をする。

……さすがにここまでわかりやすいものを作られたら、間違いようがないと思うんだけどね。

思わず苦笑しつつも、妻たちの様子を一刻も早く確認したかった私は特に何も言わず、そこに映像が映し出されるのを待った。

「…………っ‼」

しばらく綿の精霊が目を瞑《つぶ》って何か祈るように両掌《りょうてのひら》を顔の前で合わせる。

それから、カッと目を見開いて、パッと手を綿の布に当てた。

「……」

しかし、白い布には何も映らず……

あれ？　徐々にうっすらと何かが浮かんできた？

最初は真っ白な布だったそれに、ぼんやりと何かが動く様子が浮かんでくる。

それと同時に遠くのほうから声のような音も。

「これは……成功……ということなのかな？」

なんとも判別しにくいそれに、どう反応すればいいのか困りつつ、様子を見る。

そうしているうちに、映像は徐々に鮮明に、音声もはっきりと聞こえるようになってきた。

「……せんわ！　……？　……ま……しょう？」

聞こえてきたのは妻の声。

それに表情がフッと緩む。

そこからしばらくの時間をおいて、ついにはっきりと見えるようになったそこには……

「ちょっ！　クロ、これを解いてくださいませ!!　あ、そっちじゃありませんわ!!　こっちですの」

「……？　……っ!?」

なぜか黒い毛糸のようなものが全身に絡まって身動きが取れなくなっているバーティアと、それを解こうとして一緒に絡まって首を傾げているクロの姿があった。

「……やっぱり何かやらかしてたね」

予想通りの結果に、思わず苦笑いが浮かぶ。

「あの……。殿下、これは？」

困惑した表情で私を見つめてくるゼノ。

この状況を説明してほしいという感じの視線を私に向けているけれど、はっきり言って私にもわからないからね？

「な、なんでこうなりますのぉぉぉ!! 悪の手に落ちたヒロインが糸で吊るされるのは定番シチュエーションじゃありませんの!? これじゃあ、吊るされるじゃなくてグルグル巻きですわぁぁ!!」

解こうしてさらに絡まってしまい、涙目になっているバーティア。

クロ、バーティアは本当に困っているみたいだから、解きながら糸と戯《たわむ》れて遊ぶのはやめてあげようね？

「おぉ、これが其方の言っていた定番シチュエーションというやつなのじゃな。糸で吊るされるのは大変そうじゃからと低めの位置に吊るす形を取って、糸も痛くないように太めの毛糸にしてみたようじゃが、どうかの？」

……なるほど、マリオネットみたいに吊るされる感じにしてみたかったんだね。

だけど、上から糸だけで吊るされるのは痛そうだからと、低めの位置……足が着くどころか座っても大丈夫な位置に糸を垂らす形にしてみたと。

……もう、その時点で吊るす気ゼロだよね？

体に糸を巻いてみただけだよね？

さらに、弦のような細い糸だと痛そうだと思って毛糸で代用してみたと。

その上、糸を長めに用意して巻いてみたら、上手く巻けなくて体に絡まって動けなくなったと。

……もはや、囚われのヒロインどころか、毛糸玉と戯《たわむ》れ絡まって動けなくなった子猫にしか見えないんだけど、どうしたらいいのかな？

あれかな？　私は毛糸に絡まって動けなくなった子猫を救出してあげればいいのかな？

「あれを救出するのは少し楽しそうだね」

「いえ、クロの母上が解くのを手伝い始めたみたいなんで、きっと戻った頃には救出済みだと思いますよ」

「それは残念だ」

ゼノと並んで、布に映った映像を苦笑いしながら見つめる。

どうやら、映像は先ほどのものと違って一方通行らしく、こちらが様子を見ていることは向こうに伝わらないようだ。

「なかなか愉快な伴侶たちだな」

映し出された映像を指差してキャッキャッと楽しそうにしている綿の精霊と、少し気の毒そうな目で私たちを見る紫薔薇の精霊。

「まぁ、向こうが平和なようで良かったです。でも、帰ったらしっかりと話は聞くつもりですが……」

予想通りやらかしてはいたが、内容がたいしたことがなくて良かった。

ついでに、妻の面白い様子も見れて少し気持ちが癒《いや》される。

「何はともあれ、早めに帰ったほうが良さそうだね。時間が経てば経つほど、色々なことをやらかして……面白い場面を見損ねそうだ」

……というより、単純に私が早くバーティアに会いたいのだ。

初めて訪れた精霊界。

慣れない場所で妻と離れるのが不安というわけではない。

……私の目が届かないところで彼女が何かやらかすのではないかという不安はあるけど。

それでも、この目新しいものにあふれた世界を私が楽しむためには、バーティアという存在が必要不可欠なのだ。

どんなに見慣れない、興味を惹かれるようなものが転がっていても、彼女がいなければどこか味気ない。

反対に彼女がいれば、見慣れた場所、代わり映えしない生活も楽しく、色鮮やかな世界へと変わる。

以前の私なら、誰かの存在に自分が左右されるなんてことはなかった。

やるべきことはいつも明確で、ただ作業として淡々とそれをこなしていけばいい。

やりたいことは自分の気持ちが赴《おもむ》くままに行い、他人が邪魔するのならばこちらが向こうに合わせるのではなく向こうがこちらに合わせるように画策していく。

そして飽きたら気持ちのままにやめる。

ただそれだけ。

誰かの顔色を窺《うかが》ったり、特定の存在の有無で自分の感じ方や対応を変えたりすることはなかった。

それが今ではどうだろうか。

まったく同じことをしていても、同じ場所にいても、バーティアがいないだけで私の気持ちもやりがいもすべてが変わってしまう。

これはもはやある種の依存といってもいいのかもしれない。

そんなことを、本来なら彼女と一緒にいられたはずの時間に強制的に離された今だからこそ、強く感じる。

「あぁ、私は寂しい……いや、違うな。多分無理矢理離れさせられたことに少しイラッとしているんだ」

今回の精霊界への旅行のメインは、あくまでゼノとクロだ。

私たちはおまけ。

だから、彼らの事情に協力するのは当然だと思うし、この程度のことで怒る気も、不満をぶつける気もない。

冷静な頭は「たかが数時間、別行動を取るだけだ」とちゃんとまともに考えている。

それでもこの胸に、消化しがたいモヤモヤしたものがあるのは、私もただの人間だったという証拠なのだろう。

「私の頼みを聞いてくださってありがとうございました」

「いや、こちらも……面白いものが見られたし気にせんでいい」

紫薔薇の精霊が、綿の精霊の頭を撫でながら答える。

もう既に映像は切られているのに、綿の精霊はまだ笑いの余韻が残っているようだ。ニコニコしながら、グッと親指を立ててきた。

そんな二人に見送られ、私たちは闇の王の城への帰路についた。

さて、あの毛糸から抜け出した妻は、今度はどんなことをしているだろうか？

そろそろ、私たちのことを本気で心配し始める頃だろうか？

いや、まだそんなに遅い時間になったわけではないし、途中で私たちの様子も見ているはずだから、心配まではしていないだろうな。

それなら、次は一体どんな予想外なことを考えるだろう？

バーティアの思考は読めない。

だからこそ、帰ってから彼女に会うのが楽しみで仕方ない。

「こんなにも早く誰かのもとに帰りたいと思う日が来るなんてな……」

「殿下？」

そんなことを考えていると、いつの間にか少し歩みが遅くなっていたらしい。

一歩前を行くゼノが私の小さな呟きを拾ったのか、振り返って首を傾げている。

この感じだと、声は聞こえていても、その内容までは聞き取れてはいなかったんだろうな。

「ごめんね。なんでもないよ」

「殿下が私に謝るなんて!!」

「どうやらゼノはもう少しボロボロになりたいみたいだね」

ニッコリと微笑むと、いつも通りゼノがビクッと体を震わせて、怯えた表情で首をブンブンと横に振った。

まったく、この侍従……精霊は失言が本当に多くて困る。

もう意図的にやっているとしか思えない。

「あぁ、ほら。バーティアたちがいる闇の王の城が見えてきたよ」

手土産を配り終えた身軽な体で、城へ向かうスピードを少し速める。

執事服の青年は私たちより大分前にいるから、多少歩みを速めたところで抜かしてしまうことはない。

「やっとですね。やっと城に入れる。ただ城に入って話をするためだけに、まさかこんなに苦労するなんて思いませんでしたよ」

「私もだよ」

「……殿下、ほとんどのんびりといなり寿司を食べるかお喋《しゃべ》りをするか、私の孤軍奮闘っぷりを眺めるかくらいしかしてないですよね？」

「私にとって、意味もなくバーティアと離されることは最大の『苦労』なんだよ」

「そんなことは……いえ、殿下の場合はそうですね。普通の人だったらもの凄く大変なことでも殿下にとっては『苦労』なんて呼べない容易《たやす》いことでしょうし。……バーティア様に関すること以外は」

私の言葉を否定しようとしたゼノが、思い直したように苦笑しながら肯定する。

肯定した上で、「でも『苦労』とも思わずに簡単にできるのなら、もうちょっと私を助けてくれたって良かったと思います」と文句を言ってくる。

少し協力するくらいなら別に構わないけれど、手助けしすぎはゼノにとってあまり良くない結果になるということに、まだ彼自身は気付いていていない。

「ねぇ、ゼノ。楽しかった？」

「楽しいわけないじゃないですか!!　私が大変な思いをしてたの、見てましたよね!?」

「私もだよ。やっぱりバーティアがいないと少し味気なくて」

「……誰もそんな話はしてません。まぁ、私もクロがそばにいないのは少々寂しくはありましたけど」

少し照れくさそうに話すゼノを見ていると、ゼノにとってクロとの関係は本当にいいものなんだなって感じる。

「じゃあ、やっぱりもっと急がないとね」

城が見えたことで足をさらに速める。

「もう疲れました。早く休みたいです」

「『もうひと踏ん張り』だと思うよ？」

「そうですね、城まであと少しですもんね」

残念だけど、そういう意味ではないよ、ゼノ。

もうひと踏ん張りしないといけないことがある気がするって意味だからね。

こうして私たちは、今回の小さな小さな冒険の旅の開始地点である城の門を目指した。

そんな私たちを、結構先に進んでいる執事服の青年がジーッと見つめていることに、私は気付いている。

闇の王の傍らで静かに控えていた彼は、今回課題をこなすゼノを見てどう感じたのだろう？

そして、どんな判断を下すのだろうか？

八　バーティア、お城でお出迎え。

「やっと戻ってこられたね」

課題を無事に終え、ようやく帰ってきた闇の王の城門の前。

先に到着していた執事服の青年は既に門をくぐり、城の玄関扉の脇に立って私たちを待っている。

門は開け放たれた状態だから、ここで立ち止まっていても意味はない。

私たちはそのまま門をくぐり、城の玄関扉の前へと進む。

「お疲れさま。ここまでありがとう」

扉の脇に立つ執事服の青年に声をかけて、城の扉を開けようとした……けど、開かない。

門をくぐれたということは、私たちが城に入れないようにしていたクロの母の結界は既に解かれている、もしくは私たちが中に入れるように許可を与えているということだろう。

それなのに、城の扉が開かないということは、結界ではなく物理的に鍵がかけられているに違いない。

「……どういうことかな？」

私は、執事服の青年に視線を向けた。

彼は明らかに事情を知っている……というか、鍵がついたチェーンを首にかけている時点で、鍵をかけた犯人が彼だと容易に推測できる。

私は犬ではない。

目の前に『妻と会える』という餌《えさ》を置かれて、『待て』をさせられる謂《いわ》れはない。

そんな思いを込めてジロッと睨むと、青年はなんと懐《ふところ》から短剣を取り出し、それを手にこちらに向かってきた。

とっさに精霊王に力を込めてもらった剣の柄《つか》に手を伸ばす。

青年はそれなりに近い距離にいるけれど、私の腕なら剣を抜いて対処することくらいはできる間合いだ。

向こうがその気なら……と思ったけれど、青年は当然のように私ではなくゼノに向かっていった。

……なら、まぁいいか。

剣の柄《つか》にかけていた手を離す。

「って、なんで剣から手を離しているんですか!!　そこは私を助けるところですよ!!　剣を持っている殿下が、私と彼の間に入って守るところですよ!!」

ゼノが大声で文句を言いながらも、風の力を使って後方に飛び、一気に間合いをあける。

そんなゼノを青年も追う。

それと同時に、ゼノを捕らえようとするかのように周囲から細い弦《つる》のようなものがゼノに向かって伸びていった。

最初は細く頼りなかったそれが、徐々に太さや強度を増していく。

「ちょっ！　なんでいきなり攻撃してくるんですか⁉　いえ、いきなりというか、結構最初から攻撃的ではありましたけど‼」

ゼノが一生懸命状況を理解しようと、青年に質問する。

「……」

だが、残念。青年は答えない。

「私、課題はクリアしましたよね⁉　いきなり攻撃される理由はありませんよね⁉」

さらに言い募るゼノ。

「……」

けれど、やはり青年は答えようとしない。

それにしても、あれだけ激しく攻撃を加えられているにもかかわらず、これほど騒《さわ》げるなんて、ゼノ、実は結構余裕だよね？

……というか、行きから帰りまで、青年は一言も発していないのだからそろそろ察して諦めたらどうかな？

「殿下も見てないで手伝ってください！　この人、一応クロの母上の執事なんで、下手に怪我をさせられないんですよ！　無傷で拘束しないといけないのに、かなり強くて……うわっ！」

話している途中で青年が懐《ふところ》から新たに投げナイフを出し、投擲《とうてき》した。避け損ねたゼノの頬に、一筋の赤い線が走る。

……へぇ、精霊の血も赤いんだね。

いや、そういえば以前もゼノがドジをして怪我をした時に血を見たな。

「ちょっ！　本気ですね⁉　本気で殺《や》りに来てますよね⁉　大亀や紫薔薇の精霊にあった手加減のようなものがまったく感じられないんですけど⁉」

顔を青ざめさせながら、ゼノが風魔法を駆使して避けていく。

けれど、避けた先で今度は伸びてきた植物がゼノを捕まえようとする。

……あの植物、どこかで見たことあるね。

あぁ、なるほどね。前に見たのはあんな風に動かないし、もっと木っぽかった気がするけど、アレか。

そうか、彼はあの精霊だったんだね。

だから……。

おっと、余計なことを考えていたら、ゼノが植物に足を絡めとられて転んでしまったね。

短剣を両手で握り締めた青年が上から襲いかかってくる。

「……ゼノ、そのままだと肩に穴があくよ？」

「怖いことを冷静に伝えないでください！　ひっ‼」

私の言葉に反応して、ゼノがとっさに横に転がる。

それと同時に、水の力を使って足に絡みついていた植物を切り、さらに逃げる。

相手は一切の手加減なしに襲ってくるのに、ゼノは怪我をさせずに捕まえないといけない。

だが相手も強く、押し切るだけの力量差はない。

うん、結構ピンチだね。

そうこうしているうちに、本日三戦目のゼノの疲労が限界に達してきた。少しずつ動きが鈍り、青年の攻撃を受けることが増えていく。

大亀も紫薔薇の精霊も攻撃はしてきても、怪我をしないように手加減はしてくれていた。

けれど、青年にはそれがない。

だから、ただ見た目がボロボロになるのではなく、ゼノ自身の血が流れる回数が増えていく。

「……なんだか、空の様子がおかしくなってきたね」

助けに入るべきかどうか悩んでいると、次第に空が不機嫌そうに蠢《うごめ》き始め、ついにゴロゴロと雷のような音まで響き始めた。

「あぁ、これは……」

ここは闇の王の領域。

そこにある空も、闇の王の管轄。

つまり、この不機嫌そうな空は、闇の王の意思……なんてことも考えられるよね。

「……痛っ！」

息を切らしながら避けて避けて避け続けていたゼノの太股を青年の短剣が狙う……と見せかけて、短剣を避けようとして無理な体勢になったゼノの膝裏に青年の蹴りが入る。

蹴られた痛みというよりは、膝裏を攻撃されたことで転んでしまった際の痛みだろう。

地面に倒れ込んだゼノがわずかに顔をしかめる。

さらに転んだゼノの背中を青年が蹴った。俯《うつぶ》せになったところで背中を踏まれ、起き上がれないようにされたところで、おまけとばかりに植物がゼノの体に巻き付き、動きを封じる。

そして背中を踏んだまま、青年がゼノの背中に向けて剣を振り上げた。

「あぁ、これはまずいね」

さすがにこのままにしておくわけにはいかない。

大怪我、もしくは運が悪ければゼノが精霊からただの力の塊に戻されてしまうかもしれない。

再び剣に手をかけ、走り出そうとしたその時だった。

――ガシャァァァアンッ!!

ガラスの割れる派手な音と共に、城の二階のベランダから何やら黒い塊が飛び出してきた。

「フシャァァァア!!」

飛び出してきた黒い塊は、そのままゼノの上にいた青年にぶつかり、弾き飛ばした。そして悠然と立ち上がったのは――

「クロ……今日は大人バージョンなんだね」

よく見慣れた幼女の、見慣れない大人の姿がそこにあった。

大人姿のクロは顔を怒りに染め、弾き飛ばされ、庭に生えている木にぶつかって倒れ込んだ青年のもとに駆けていく。

そして、追撃とばかりに何度も青年を足蹴にした。

「殿下、今はそんなことを気にしている場合じゃないですよ。助けてください」

幼女バージョンの時よりも切れのいい攻撃に見惚《みと》れていると、足元から声がかかる。

植物により地面に磔《はりつけ》にされているゼノだ。

「仕方ないね」

おそらく青年との戦いもここまでだ。

終わったからには後始末に移る必要がある。

地面から動けないゼノのもとに行き、彼を拘束している植物を腰に佩《は》いていた剣で断ち切って救出する。

その間も、クロは繰り返し青年を蹴っていた。

ようやく満足したかと思ったら、今度は、しょんぼりした様子で俯《うつむ》いている青年に対して「フシャァァア!」「フシャァァァ!」と威嚇《いかく》するように声を上げ始める。

……あれ、私には威嚇《いかく》音にしか聞こえないけど、きっと威嚇《いかく》じゃなくて説教をしているんだろうな。

「これにて一件落着ってところかな？」

呟いた私の隣では、地面から解放されたゼノが立ち上がり、服に付いた土を払っている。

そして、私がホッと息を吐いたその時だった。

ガタッ！　ガタタタタッ!!　ダダダダダダダッ……!!

城の分厚い扉越しに、大きな物音と足音が聞こえてくる。

音につられるように、城の扉のほうに視線を向けた。

ガチャガチャ……ガチャンッ！

「セ、セシル様ぁぁぁぁ!!　クロォォォォォ!!」

目に涙を浮かべたバーティアが、弓矢のような勢いで城から出てきた。

そして、私の姿を見つけるとその勢いのまま駆けてきて、私の胸に飛び込む。

「セシル様、ご無事ですの!?　――うわぁぁぁぁん!!　心配しましたわぁぁぁ!!」

バーティアは、私の存在を確認するようにギュウウッと強く抱き締めた後、バッと体を離して私の全身を確認した。そして私が怪我をしていないことに安心すると、再び抱き着いて泣き始める。

そうか。ゼノと青年が戦い始めた頃から空が不穏な感じになったということは、きっとクロの母も含めて彼女たちは外の様子をなんらかの方法で見ていたのだろう。

そして、ゼノがピンチになった段階で、我慢できなくなったクロが二階から飛び出してきて青年を撃退。

クロが飛び出すほどのことが起きたという事実に驚いたバーティアが不安を抑え切れず、私たちの安否を確認するためにここまで走ってきてくれたということだろう。

それは嬉しい。

嬉しいんだけど、その前に一つ気になっていることがある。

「ねぇ、ティア。心配してくれるのは嬉しいんだけど……君、なんでそんな格好をしているんだい？」

どうしてもそこが気になる。

バーティアが着ているのは、クロの母が着ていたものによく似た漆黒のドレスだ。

おそらく、クロの母に借りたんだろうけれど、いつもの彼女に比べるとかなり大胆で大人っぽいデザインになっている。

さらに気になるのが化粧だ。

とても目を引く深紅の口紅。

目の周りには、黒から紫のグラデーションになっているアイシャドウ。

睫毛《まつげ》もかなり長くなっている。

いつものバーティアとはまったく異なる出で立ちだ。

たとえるなら、まさに『バーティアが憧れる色っぽい悪役』という感じだろう。

ただし、大泣きしたせいで、目の周りがちょっと大変なことになっているけれど。

「うぅぅ……。せ、折角、ラスボスのような格好良くて素敵な師匠がいるので、セシル様たちが頑張っている間に私たちも頑張って悪の華を極めようと思いましたの」

「ん？　……うん、それで？」

既にもうよくわからなくなってきているけど、ひとまずはこのまま話を聞くことにしよう。

「師匠とクロと相談して設定を考えて、セシル様たちが帰ってきたら驚かそうと思って色々と準備していたのですわ」

「なるほど？」

理解不能なことがわかったよ。

悪の華を極めるのに、なぜ私たちを驚かせる必要があるのだろうか？

大体、悪役というものは、多分人を驚かせる職業ではないと思うよ？

突っ込み始めたら切りがないね。

「それで、ちょうど、私とクロは、師匠に囚われているポジションだったので、味方だったのにラスボスに捕まり操られ敵になってしまった……というバージョンの悪役令嬢を目指そうと思いましたの」

「それはまた、とても複雑な設定の悪役令嬢を目指したものだね」

バーティア、君はさっき帰ってきた私たちを驚かそうと思っていたと言っていたけれど、今の段階でそれはもう成功したよ。

まさかここまで手の込んだわけのわからないことをしているとは思っていなかったからね。

だからこそ、敢《あ》えて言わせてもらおう。

……ねぇ、バーティア。君、本当に一体何をやっているんだい？

苦笑と呆れの感情と共に、妙に気が抜けた。

さっきまで、結構危ない状態だった気がするんだけど、それがすべて飛んでいった気さえする。

「ちなみに、最後はセシル様たちがラスボスである師匠に勝利して、私とクロは正気を取り戻し、元通りという流れの予定でしたの」

「……ティア、その流れだと、私たちがクロの母上を倒してしまう形になるんだけど、大丈夫？」

もの凄く気になって我慢しきれず、つい聞いてしまった。

そして、私の質問を聞いた瞬間、バーティアがピキンッと固まり、顔を青くする。

「だ、駄目ですわ!!　それは絶対ダメですわ!!　あぁ、この設定は使えませんわぁぁぁ!!」

ショックを受けたらしく、頭を抱え込むバーティア。

そんな彼女の相変わらずな様子を見て、思わずクスッと笑みが零《こぼ》れる。

「セ、セシル様！　私は正気ですの！　敵になってもいませんわ!!　だから師匠を攻撃なんてしたら嫌なんですの!!」

「大丈夫だよ。闇の王がクロの母上だということは、私も最初から知っているからね。そんなことはしないさ」
・慌てて一生懸命私を説得しようとし始めるバーティアだけど、当然、私は最初からそんなことは考えていない。
大体、バーティアたちの計画は既に破綻……というより完膚《かんぷ》なきまでに壊れ切っており、そもそも実行する前に自白してしまっている。

さらに言うなら、たとえトラブルが起こらず計画が遂行されていたとしても、色々と設定に穴がありすぎてお話にならない。

第一、まともな演技ができる人が誰もいないから、騙《だま》されようがない。

……でも、これがバーティアクオリティなんだよね。

この感じが妙に落ち着く。

私もかなりバーティアに毒されているね。

そんなことを思っていると、開け放たれたままになっていた城の扉から、クロの母が姿を現した。

「……これは、どういうことじゃ？」

庭の惨状を見たクロの母が怒りを露《あら》わにする。

八本の尻尾が怒りに膨らんで凄いことになっている。

その状態のまま、彼女は真っ直ぐに、クロに説教されている青年のもとに向かう。

そして、辛そうに木に背を預けて座り込んでいる青年の前で仁王立ちになった。

未だに青年に説教をしていたクロも場所を譲り、母の斜め後ろに控える。

「どういうことかと聞いておるのじゃ、戴豆《だいず》！」

声を荒らげたクロの母。

それに反応してビクッと体を揺らす青年――戴豆。

「……大豆《だいず》？　はっ！　よく見たらあちこちから生えてきているこの植物は、大豆の木ですわ!!　ところどころになっている実は枝豆！　凄いですわ！　あの方は大豆の精霊さんだったのですわ!!」

そして、別のことに反応して喜びの声を上げているバーティア。

そうか。やっぱりあれは大豆の木だったんだね。

でも、とりあえず、今ははしゃいでいる場合じゃないから黙っておこうか、バーティア。

目をキラキラさせて大豆の木のほうへ行こうとするバーティアの腰に腕を回し、その動きを止める。

なぜ止められるのかわからずキョトンとしているバーティアの唇に指を当て、静かにするように伝えた後、クロの母と青年のほうを指差した。

明らかに激怒しているクロの母を見て、さすがのバーティアもまずいと思ったらしく、慌てて自分の口を両手で押さえ、「理解した」とでも言うようにコクコクと頷いた。

静寂の時間が続く。

それでもなお、俯《うつむ》いたまま無言の戴豆。

やがて、クロの母は諦めたように深い溜息を一つ吐いて、再び口を開いた。

「のう、戴豆。妾の伴侶。クロの父よ」

そう呼びかけたクロの母に、戴豆はゆっくりと顔を上げた。

ゼノは驚きに目を見開いている。

……ゼノ、君、結局最後まで気付かなかったね。

あそこまで露骨に敵意を向けてくる相手で、クロの母がクロを出迎えるタイミングで隣に立たせる男なんて、父親以外にはいないと思うんだけどな。

「其方が、クロが伴侶を持つ……結婚することを寂しがり、クロを奪う婿殿を嫌っていたのは知っておる。妾も正直寂しい気持ちはあるでな、共感できる部分もなくはない。しかしのう、妾たちの可愛い娘が選んだ相手ぞ。認めてやれと妾は言うたであろう？」

クロの母の話によると、どうやらクロが自分の伴侶を連れて挨拶に行くと手紙を送った時から、クロの父である戴豆は、娘が変な奴に奪われると苛立ちを募らせていたらしい。

クロの母は、それをなんとか宥めようとしていたのだが、なかなか上手くいかなかった。

クロの父が母の話に耳を貸さず、相手をろくでもない奴だと決めつけていたからだ。

最初は娘を嫁に出すのが寂しいのだろうと同情的だった母も、いつまでも駄々を捏《こ》ねられ続けたら腹も立つ。

最終的に切れた結果、一計を案じた。

もう、いくら説得しても駄目なのなら、婿殿と一緒に家から追い出してしまえ。仲良くなるまで家に入れない、と言えば、さすがに折れて仲良くなる努力くらいはするだろうと考えたのだ。

……かなりの強硬策だ。

そして、ついでだからと、課題と称して、一緒に親族へ挨拶回りに行かせてしまえということになったのだそうだ。

ただ、あくまでも目的は、クロの父とゼノを仲良くさせるため。

もしくはクロの父にゼノという婿を認めさせるためだ。

事前に色々と手はずは整えたものの、もし当日、クロの父が普通にゼノを迎え入れることができたら、その計画は中止するつもりでいたらしい。

ところが……

「妾も、子供姿のクロを伴侶として連れてきた時にはそういう趣味かと少し不安になり、余計なことを口にしたのは確かじゃ。されど、あそこまで敵意を抱く必要はなかろう？」

当日になってもクロの父の機嫌は良くならず、むしろ悪化した。

あげく、母の発した『ロリコン』発言に反応して、さらに態度を悪くした。

これはもう駄目だと考えた母は、計画を実行すべくクロの父共々私とゼノを外へ追い出し、課題を与えた。

それと同時に、父には課題を書いた紙とは別に、『ゼノに親切にして仲良くするように。そうしなかったら家には入れない』という感じのお説教まじりの手紙を渡したのだそうだ。

要するに、最初に私たちが見せられた二つの封筒。

そのうちの見せるのを拒否されたほうにはクロの母から父に対して、ゼノと仲良くすることを求める手紙が入っていたのだ。

……あれ、私たちに渡すのを拒否した時、意味深な反応を見せていたけれど、本当は見られたら困るものだったんだね。

クロの父はなかなかの演技派だ。

「其方の父母、妾の父母には婿殿のことを認めた暁《あかつき》には、祝いの品として甲羅と布を渡すように事前に頼んであったのじゃ。婿殿が課題をこなしたとなれば、クロの祖父母も皆、婿殿を認めたということじゃ。手紙にもその旨書いておいたであろう？　つまりじゃ、認めておらんのは其方だけということじゃ」

クロの母が父をジッと見つめ、返答を迫る。

その様子を見ていたゼノが、ゴクリッと一度唾を呑んだ後、クロの両親のもとへと歩み寄った。

「義父上」

ゼノがそう呼ぶと、戴豆がゼノを睨む。

一瞬ビクッとしたゼノだったけれど、視線は逸らさず見つめ返す。

「義父上が私を見て不安に感じる気持ちは理解できます。大切な娘と生涯を共にする相手だ。私もいつか娘を持てば同じような気持ちになるでしょう。……でも、それでも私はクロと共に長い生を歩みたい。今は義父上から見て、私はクロに相応《ふさわ》しい存在ではないかもしれません。でもこれから努力していきます。駄目なところがあれば直すようにしますし、意見が食い違えば徹底的に話し合い納得のいく答えを探します。どうか、今の私だけでなく将来の私の可能性も含めて判断していただけないでしょうか？」

そう言ってゼノは戴豆に頭を下げた。

戴豆は、頭を下げているゼノをしばらく無言で睨みつけるように見ていたが、やがて溜息を一つ吐き、ゼノの頭をポンッと軽く叩くと、立ち上がった。

そして、心配そうに見つめるクロの母の腕に自分の腕を絡め、屋敷の中へとエスコートしていく。

「だ、戴豆？　それはどういう……」

クロの母は、状況が理解できず困惑した様子だ。エスコートに従いつつも、不安そうにゼノと戴豆を交互に見ている。

やがて、城の玄関に辿り着いた戴豆は後ろを振り返り、顎《あご》をしゃくるようにして、ゼノを含む私たちに城の中に入るように促《うなが》したのだ。

「だ、戴豆!!」

クロの母が満面の笑みを浮かべ、嬉しそうに八つの尻尾を振る。

クロも父の譲歩を喜び、傷だらけのゼノの頑張りを称えるように、彼の体に顔を摺《す》り寄せ、尻尾を振った。

「え？　え？　どういうことですの？　う、上手くいったということなのかしら？」

私の隣にいたバーティアは、少々不器用な戴豆の譲歩を上手く汲み取ることができず、戸惑っている様子だったけれど、周りの反応を見て、最後に私の顔を見て納得したように笑みを浮かべた。

「良かったですわ！　やっぱり家族には認めてほしいものですもの」

ニコニコとご機嫌な妻に、私も自然と笑みが浮かぶ。

「さて、私たちも中に入らせてもらおうか」

クロたちが城の入口に向かうのを見て、私もバーティアをエスコートして城に向かう。

ゼノたちの後ろに立ったタイミングで、クロが首だけで振り返り、バーティアに向かってグッと親指を立ててみせた。

それを見たバーティアもニッコリと笑って、同じように親指を立てる。

どうやらこれでこの件は、めでたしめでたしということになるようだ。

「あぁ、そういえば、もしかしたらとは思ってたんだけど、今日会った方々はやはりクロの祖父母だったんだね。そうなると、大黒亀あたりは先代の闇の王ってことかな？」

先ほどのクロの母の話を思い出して、ボソッと呟く。

それが聞こえたのだろう、クロがコクコクと頷いている。やはり大黒亀は先代の闇の王だったらしい。

「……え？　殿下、今なんて？」

突然立ち止まったゼノが、油の切れたブリキの人形のようにぎこちない動きでこちらに顔を向ける。

「ん？　だから今日会った方々が、クロの祖父母――つまり、クロの父母のご両親だったんだねって言ったんだけど？」

ゼノの顔から、サーッと音が聞こえそうなほど見事に血の気が引いていく。

「え？　クロの祖父母？　え？　私、思いっきり戦ったり怒らせたり逃げ回ったりしてたんですけど？」

「ついでに言うと、ついさっきはクロの父上とも戦ってたね。ちなみに私はクロの祖母の方々と一緒にいなり寿司を食べたよ。皆、喜んでくれていたよ？」

「あ、予備用のお重のですわね！　皆様が喜んでくれたのであれば嬉しいですわ‼」

バーティアが、私とゼノの手にお重がないのを確認して嬉しそうに笑う。

「なんで殿下だけそんなに平和的なんですか⁉　私なんて……私なんて……祖父の方々と義父と大喧嘩ですよ‼　いえ、喧嘩というか、私が一方的にやられていた感じですけどね‼」

ゼノがガックリとうなだれる。

まったく、心配性だな。

「大黒亀はゼノとじゃれあえたことを喜んでいたし、紫薔薇も最終的には認めてくれていただろう？　何よりの証拠として、課題となった代物を盗んだり奪い取ったりするのではなく、きちんと相手からもらうことができたじゃないか」

「それはそうですが……」

私がゼノを慰めるように伝えると、ゼノはまだ声は暗いものの、少し気持ちを持ち直したようだ。

「ゼノ、大丈夫ですわ!!　失敗したらやり直せばいいんですもの。お爺様たちもお婆様たちもお元気でいらっしゃるんですもの。これから新しい関係を築いていけばいいのですわ!!」

今度はバーティアがゼノを慰める。

明るい笑顔で励まされたことで、ゼノが少し笑みを浮かべた。

「そうですね。義父上にもああ言ってしまった以上、これから努力していくことにします」

「その調子ですわ!!　私もゼノを見習って、失敗をやり直すべく……お化粧を直して悪の華の役を全《まっと》うしてみせますわ!!」

グッと拳を握り決意を固めるバーティア。

私はその拳をソッと自分の掌で覆《おお》い、下ろさせる。

「うん、それはやり直さなくていいかな？　というか、やろうとしたこと自体が失敗だからね？計画を立てないというやり直し方をしよう？」

「え？　でも……」

「多分、これからゼノと戴豆の怪我の手当てをして、その後は皆で食事になると思うよ。さっきから、いい匂いが漂ってきているからね」

「はっ！　本当ですわ!!　それに、折角作ってきたいなり寿司やニホン酒も、クロのご両親に食べていただかなくては!!」

「だから、今日は悪の華をやっている余裕はないよ」

「なるほど。それでしたら……残念ですけど、今日は諦めることにしますわ」

ちょっとしょんぼりとしたバーティアだけれど、これから悪役令嬢ごっこに付き合わされるのは、ちょっと勘弁してもらいたい。

折角、上手くまとまったんだから、今日くらい、このいい雰囲気のまま終わらせようじゃないか。

チラッとゼノに視線を向けると、ゼノも頷いている。

バーティアがやることはクロも真似をするから、ゼノも他人事ではないのだ。

「それじゃあ、行こうか」

こうして私たちはやっと落ち着いて闇の王の城に入ることができたのだった。

九　バーティア、お城を満喫中。

城の中に入った私たちは、すぐに食事を……というわけにはさすがにいかず、事前にクロの母が用意しておいてくれたそれぞれの部屋へ案内された。

「フフフ……。猫さんに犬さんに兎《うさぎ》さんに栗鼠《りす》さんまで!!　皆可愛いですわ！」

……バーティア向けに、動物の格好をした影の使用人たちによって。

ちなみに犬は、門番が姿を変えた犬とは犬種が違う。

向こうは耳が立っていて比較的短毛の小型犬。

こっちは、耳が垂れ気味で長毛の大型犬だ。

「セシル様、可愛い子たちが案内をしてくれていますわ！　素敵ですわ!!」

「きっと門番が、ティアが可愛い姿で出迎えると喜ぶことを伝えておいてくれたんだろうね」

そうじゃないと、使用人たちがそろってこんな格好をしているはずがない。

門番とティアのやり取りは、あの場にいた私たちと門番くらいしか知らないだろうしね。

私とゼノは城に入ってすぐに追い出されたし、クロはきっとこの状況にヤキモチを焼くだろうから自ら言うことはない気がする。

「まぁ！　では後で門番さんにお礼を言いに行かないといけませんわね」

ニッコリと微笑んで、一番近くにいた栗鼠《りす》を抱き上げる。

……ねぇ、君、絶対に栗鼠《りす》じゃないよね？

姿形は栗鼠《りす》っぽいけど、サイズ感がおかしいよ。

なんで栗鼠《りす》なのに大型犬と同じサイズなんだい？

そして、バーティア。

そのサイズは、普通の淑女が躊躇《ためら》わずに、また予備動作もなく簡単に抱き上げられるものではないからね？

君が力持ちなのは知っているけれど、抱き上げるならせめて猫か兎《うさぎ》にしたほうが淑女的にはいいと思うよ？

「……ティア、彼らは動物の格好をしてくれてはいるけれど、この城に勤める精霊たちだ。あんまり仕事の邪魔をしてはいけないよ」

バーティアに抱き上げられ、撫でられ、満更でもない顔をしている栗鼠《りす》型（？）使用人。

クロのヤキモチほどじゃないけれど、これが元々はあの人の形をした影なんだと思うと少しモヤッとした気持ちになる。

ましてや、私にはこの使用人が男か女かもわからないから余計にだ。

ニッコリと微笑んで、バーティアに放してあげるように伝えると、なぜかバーティアと共にこっちを向いた栗鼠《りす》型使用人にビクッとされた。

「はっ！　そうでしたわ!!　お仕事の邪魔をして申し訳ありませんわ!!」

私の言葉に慌てて栗鼠《りす》型の使用人を床に下ろしたバーティアは、少し名残惜しそうだ。

対する栗鼠《りす》型使用人もなんだか名残惜しそうだったけれど、再び私が笑みを浮かべると、背筋をピンッと伸ばして敬礼し、他の使用人たちに合流した。

……きっと私に従うという意思表示なのだろうね。

それまでソワソワとバーティアに撫でてもらうのを待っている様子だった他の使用人たちは、残念そうに耳や尻尾を下げている。

「ティア、クロの母上が食事会の用意をしてくれているんだから、私たちも急いで支度しないとね。お待たせしてしまうかもしれないよ」

本当は、怪我の治療をしないといけないゼノと戴豆のほうが明らかに支度に時間がかかるから、私たちはそんなに急ぐ必要はないんだけどね。

でもこう言っておいたほうが、バーティアも影の使用人たちを撫でたいという欲求から意識を逸らしやすいだろう。

「それはいけませんわ！　師匠を待たせるなんて、弟子失格ですもの!!」

私の思惑通り、バーティアは使用人たちにチラチラと向けていた視線を私に戻し、少し慌てた様子を見せる。

私はそれに満足して一つ頷く。

……クロの母をずっと師匠と呼び続けていることについては、もう何も言わないよ？

「まずは、その涙の跡を消して、いつもの元気で可愛いバーティアに戻っておいで」

そう言いながらポケットからハンカチを取り出し、そっとバーティアの目元を拭う。

……もちろん、ハンカチは見事に黒と紫に色づいた。

「……あっ！　お、お化粧が!!」

もう既に涙は乾いているのに、私にハンカチで目元を拭われた意味がわからず、不思議そうな顔をしていたバーティアだったけれど、私のハンカチが色づいていることに気付くと、顔を真っ赤に染めた。

「は、恥ずかしいですわ。わ、私、着替えとお化粧直しをしてきます!!」

バーティアは既に部屋に運び込まれていた自分の荷物を持って、隣の部屋へ飛び込んでいく。

まだ着いたばかりで、部屋の構造がどうなっているのか確認していないけれど、おそらく隣は洗面所兼バスルームか寝室かのどちらかだと思う。

バスルームだったら化粧直しもしてから出てくるだろうし、寝室だったら……顔を洗いにすぐに出てくるか、着替えだけ済ませてから洗面所に行くだろう。

「それじゃあ、私たちは着替えるとするよ。君たちはもう下がってくれていいよ」

アルファスタ国の城であれば、着替えも使用人たちが手伝うけれど、ここは他人の家で、しかも精霊界だ。

精霊たちには、そもそも地位の高い者の着替えを使用人が手伝うという文化がないと思う。

頼めば手伝ってくれるかもしれないが……やり方がわからない者に教えながら着替えるよりは自分たちでやってしまったほうが早い。

まぁ、それ以前の問題として、動物の格好のままでは着替えの手伝いなんてできないだろうし。

四足歩行でどうやって手伝うんだという話になってしまう。

それでも、バーティアがアルファスタ国で着ているような、一人では着られないドレスに着替えるのだとしたら、彼らに頼むか……私が手伝うしかなかっただろう。

だが元々、こうなることを予想して、バーティアには動きやすく、一人でも着替えられる格好にするように話しておいたから、問題ないはずだ。

私が妻の着替えを手伝うことはやぶさかではなかったけど、動きやすさの問題は重要だからね。

「「「……」」」

影の使用人たちは、「了解しました」とばかりに、皆ちょこんと座って敬礼をした。

……彼らが真似ている動物ができるポーズではないよね？

このあたりは、やはり精霊だから……というか、元が影だから柔軟に動けるのだろう。

「さて、さっさと済ませるか」

影の使用人たちがゼノから預かったのか、いつの間にか私の荷物も部屋に運び込まれている。

ここでは別に王太子として振る舞う必要はない……というか、振る舞ったところで私を王太子扱いする者などいないから、私自身もいつもより適当で構わないだろう。

立場がある人間として振る舞うならば、私は王族だ。

場面に応じて求められる格好が違うから、毎回着替えないといけないけれど、旅行先、しかも使用人も連れておらず、持ち込める荷物の量も限られている状態でそこまでできないし、する必要もない。

だから、このままの格好でもいいんだけど……あちこち歩き回って多少は汗もかいただろうし、ゼノたちが近くで暴れたせいで砂埃が付いている気がする。

食事をするというなら、最低限そのあたりはなんとかしておきたい。

できれば、顔や手を拭き清めて、着替えたいんだけど……

「ひっ！　なんてお顔ですの⁉　お化けみたいですわぁ‼」

扉越しにバーティアの悲鳴が聞こえた。

おそらく鏡で化粧が崩れて大変な状態になっている自分の顔を見たのだろう。

声に続いて、彼女が顔を洗う水音が聞こえる。

……どうやら、彼女の飛び込んだ部屋は洗面所兼バスルームだったようだ。

「今なら体を拭くためのタオルと水をもらえるかな？」

恥ずかしがり屋のバーティアのことだ。

着替え始めている状態では、さすがに部屋の中に入れてもらえないだろう。

仮にもう着替え始めているようだったら、使用人にタオルと水の入った桶を持ってきてもらおうと思っていたんだけど、今ならバーティアに頼めそうだ。

私はソッとバーティアが駆け込んでいった扉に近付き、ノックする。

「ねぇ、ティア……」

声をかけて、中から返事が来るのを待つ。

常に使用人たちが周りにいて、身の回りの世話はほとんどやってもらっている普段の生活では、こんな風にちょっとした雑用をバーティアに頼むことなんてない。

だから、こういった雑事をバーティアに頼むのは、なんだか一般人の夫婦ごっこをしているようで、ちょっと新鮮に感じる。

そんな、至極くだらない、けれどちょっと胸のあたりがくすぐったくなるようなことを考えながら、私は食事に行くための準備を進めたのだった。

＊＊＊

「では、食事を始めるとするかの。杯を持て。乾杯じゃ!!」

「「「乾杯!!」」」

クロの母の「乾杯」の言葉に合わせて、その場に集まった全員が杯を上げる。

杯の中に入っているのは、私たちが持ってきたニホン酒だ。

ちなみに、ニホン酒が注がれている杯は、以前バーティアが友人のリソーナ王女の結婚式で提案した三々九度というものに使う、ニホン酒を入れるための器だと言っていたものに酷似している。

食事会の準備が整うまでの時間で聞いた話によると、バーティアとクロは私とゼノがいない間、クロの母と親睦を深めつつも、私たちが戻った後の食事会の準備も進めてくれていたらしい。

きっとその時に、ニホン酒用の器がどういうものなのかを、クロかバーティアのどちらかが伝えたのだろう。

人間であれば、どんなものか聞いた当日にそれを作るなんてことはできないが、そこは精霊だ。そう苦もなく用意できたに違いない。

「おぉ、この酒は美味いのぉ。さすが儂の孫と孫の契約者だわい。いいものを作りよる」

「ハハハ」と豪快に笑いながらご機嫌で杯をあけるのは、これまで見たことのないご老人だ。

そう。この場にいるのは私たちだけではなかった。

中央に丸く大きなテーブルが設置され、それを囲むようにクロの両親や私たち、そして課題の間に出会った面々が席についていた。

つまり、今日会った面々……クロの祖父母たちも食事会に参加している。

その中に一人だけ見慣れないご老人がいて、代わりに大黒亀がいない。

ご老人の隣にいるのは、大黒亀のところで一緒にいなり寿司を食べたあの老婆だ。だから、ほぼ間違いなくあのご老人が大黒亀の人間擬態モードなのだろう。

「ん？　おお、さっきの人間、セシルとかいうたかの。どうした？」

豪快にお酒を飲む姿につい視線が行ってしまい、ついでに色々と考察していたら、大黒亀に気付かれた。

「いいえ、お姿が違うので少々驚いただけです。大黒亀さんですよね？」

素直に思っていたことを伝えると、ご老人は一瞬「なんのことだ？」と首を傾げたが、すぐに思い至ったらしく、「ハハハ」と再び豪快に笑う。

「そういえば、この姿は見せていなかったの。そうじゃ、そうじゃ。儂が大黒亀じゃ。そしてクロの母・闇狐の父で、クロの祖父じゃ。よろしく頼むの」

「ええ、こちらこそよろしくお願いします。あ、隣にいるのが、妻のバーティアです。クロの契約者でもあるので、彼女とも仲良くしていただけるとありがたいです」

「……っ。……バーティアですわ！　クロとはお友達ですの。よろしくお願いしますわ」

食事を頬張っていたバーティアが、私に名前を呼ばれて慌てて口の中のものを呑み込み、満面の笑みで挨拶をする。

王太子妃としては駄目だけど、ここでは目を瞑《つぶ》ることにしよう。

「あら、バーティアさんというのね。大黒亀が紹介してくれないから自分で言うけれど、私はクロの祖母の闇絹鳥《やみきぬどり》よ。よろしくね」

「おい、人聞きの悪いことを言うでない。儂はこれから紹介しようと……」

「思っていませんでしたよね？　千年以上連れ添っているんですよ。それくらいわかります」

「……」

慌てたように言い訳する大黒亀を老婆――闇絹鳥が一蹴する。

そこで黙り込むあたり、きっと本当に紹介するのを忘れていたのだろう。

そんな老夫婦をバーティアと共にクスクスと笑いながら見ていると、私たちのやり取りに気付いた周囲がどんどん自己紹介していく流れになった。

そこで今までちゃんと名前を聞いていなかった人たちの名前……正確には通り名が初めて明らかになる。

クロの父・戴豆の両親であり、父方の祖父にあたるのが、紫薔薇の精霊である紫華《むらさきばな》。祖母にあたる綿の精霊が萌綿《もめん》というらしい。

ちなみに、紫華、萌綿、戴豆は土属性に入る植物の精霊で、それぞれ司っている植物があるけれど、『司るもの』は、あくまで「好む」「相性がいい」という感じで決まっているだけで、多少であれば他の植物の力も使うことができるらしい。

あと、属性が土に入ることもあり、土の力を使えはするが、この辺は本人の資質によりかなり差が出るとのことだった。

大黒亀と闇絹鳥、クロの母は皆、属性は闇で、司るものが大黒亀は『深淵の闇』、闇絹鳥が『空を覆《おお》う闇』、クロの母が『夜の闇』らしい。

正直、植物の精霊たちと違って、闇の精霊たちの司っているものの違いはよくわからなかった。

――そんな感じで始まった食事会だったけれど、皆、酒を飲んでいるだけあって徐々に空気が緩んでいく。

ニホン酒が気に入ったらしい大黒亀は、豪快に笑いながら杯をあけていき、その隣の闇絹鳥は時々暴走しかける大黒亀を窘《たしな》めつつも、ニコニコとマイペースに食事を楽しんでいる。

紫華……見た目によらず、お酒に弱い上に泣き上戸のようだ。「うちの可愛い孫娘がぁぁ……」と嘆きつつお酒を飲もう……として、隣の戴豆にさり気なく杯の中身を水に交換されていた。

本人は飲んでいるのが水に替わったことにも気付いていないけど。

萌綿はニコニコといなり寿司や他の料理を食べながら、時々、隣の紫華を慰めている。

萌綿が食べているいなり寿司は私たちが持参し、クロの母に渡したものを、彼女が「折角だから」と食事と一緒に出してくれた。

量の差はあれど、祖父母たちにはそれぞれ予備分を渡してあるから、皆同じものを既に食べているはずなのに、出されている食事の中でも飛び抜けて人気がある。

あれかな？　孫や娘が作ったものは特に美味しい的な効果が発動している感じかな？

まぁ、私もバーティアが作るいなり寿司は美味しいと思うから、そんな効果がなくても好まれはしそうだけどね。

「ねぇ、セシル様」

会場全体を包む和やかな雰囲気を感じながら私も食事を楽しんでいると、不意に隣のバーティア
から声をかけられる。

「何、ティア？」

視線を向けると、バーティアが内緒話をするように、少し身を寄せてきた。

「クロたち、幸せそうですわね。それに、結婚が決まって、両親に伴侶を紹介できたからか、クロ
がいつもより大人になったように見えますわ」

「……そうだね」

嬉しそうにコソコソと私に報告してくるバーティア。

彼女の視線の先では、大人バージョンのクロがゼノにいなり寿司を取ってもらい、ご機嫌そうに
尻尾を振っている。

……ねぇ、バーティア。「大人になったように見える」というのは見た目の話じゃないよね？

内面的な話だよね？

もし見た目の話なら、確実に大人になっているよ。

だって、大人バージョンの擬態なんだから。

それはもう、結婚とか伴侶の紹介とかまったく関係なく、大人だよ。

きっとあれは、頑張ったゼノへのご褒美でもあるんじゃないかな？

ゼノも、クロが珍しく大人バージョンのままで長時間人前で過ごし、甘えてくれているのが嬉しいのか、ご機嫌だしね。

少し涙目にさえなっている。

小さく「これで少しはロリコン疑惑が解消される」と呟いているのも聞こえた。

……ゼノ、その点に関しては結構苦労をしているもんね。

「セシル様、私、少しお酌をしながら皆様と話してきますわ！」

そう言うと、バーティアは、影の使用人……あぁ、人の擬態を使う精霊もちゃんといるんだね——人の形で給仕をしているその精霊からニホン酒が入った容器を受け取り、立ち上がる。

蓋のないティーポットを変形させたようなその容器は、ニホン酒を杯に注ぐための代物のようだ。

私たちが大瓶で持ってきたニホン酒は、その容器に入れられ、テーブルの各所に置いてある。

……なるほど。ああやって小分けにしておけば、満遍なく多くの人に提供できるわけだね。

なんとなくだけど、クロの母が、酒好きの大黒亀対策のために用意したもののような気がして仕方ない。

実際、もし瓶で提供していたら「こんなにあるのか！」とか言って、ニホン酒用の杯ではなくコップ……いや、ジョッキに並々と注いで飲み始めそうだしね。

「ああ、行っておいで。私はここでもう少し食事を楽しんでいるから」

「行ってきますわ!!」

元気に立ち上がり、「師匠！　クロのお父様！」と言って、クロの両親に突撃するバーティア。

そして、それを真似するように使用人からニホン酒の入った容器を受け取り、自分の両親のもとへ向かうクロ。

取り残された私とゼノは、その光景を穏やかな気持ちで見守る。

「ゼノも今日はお疲れさま。普段親戚付き合いに気を配る私の苦労が少しはわかったかい？」

「……殿下は苦労なんてしてないじゃないですか。苦労しているのはノーチェス侯爵でしょう？」

傷の手当て……というか、多分、全属性が使えるゼノの光属性の回復の力で治したらしく、さっきまでのボロボロの姿が嘘のような普段通りの様子でそんなことを言ってくるゼノ。

彼はいい加減、余計なことは言わないというスキルを身に付けたほうがいい気がするな。

「私だって苦労しているだろう？　今回だってノーチェス侯爵に協力してもらうために、今度ノーチェス一家を城に招くことになってしまったし」

「それだって、ノーチェス侯爵のためではなく、バーティア様がご家族と過ごせる時間を確保するため、バーティア様の喜ぶ顔が見たいためでしょう？」

「もちろんそうだよ」

「……」

ゼノが言っていることは正しいから肯定したら、ゼノが「うわぁ……」とでも言いたげに少し身を引いた。

まったく、一体何がおかしいというんだろう。

夫が妻の幸せを願うのは当然だろうに。

「もう少し、取り繕《つくろ》うとかそういうのはないんですか？」

「私だって取り繕《つくろ》うことはあるけれど、今は必要ないからね」

はっきりと告げると、ゼノがガックリと頭を垂れ、「殿下はそういう方でした」と呟いた。

状況に応じて言動を選んでいるだけだというのに、失礼な奴だ。

「ゼノだって、クロの喜ぶ姿が見たいから、最初は躊躇《ためら》っていたのに最終的にはこうして来るのを決めたんだろう？」

まぁ、実際には『躊躇《ためら》う』ではなく『拒否』していたけれど、どこでクロの親族やクロ自身に聞こえるかわからない今は敢《あ》えて言わないでおいてあげよう。

「べ、別に私はクロの実家に挨拶に来るのを躊躇《ためら》ったわけではなくて、自分の実家に報告に行くのが嫌だっただけですよ！」

私の言葉を即座に否定するゼノ。

慌てたせいか、少し声が大きくなっている。そのせいで注目を集めているけれど、本人は気付いていない。

……この丸いテーブル、上座、下座がないって面ではとてもいいんだけど、曲線でできているからか、隣の人を見ると視界の延長線上に入る人物がほぼいなくなるんだよね。

意識すれば視野を広げることができるけど、隣の人との話に集中してしまうと周囲の反応を見損ねてしまう。

「それだって、姉たちに冷やかされるのが嫌というか……恥ずかしいだけで」

少し気まずそうにするゼノ。

ゼノの話になんとなく意識を集中させる周囲。

「……クロの実家にはいずれ顔を見せに行きたいと思っていました。クロが両親のことが大好きで大切にしているのは伝わってきましたし」

「そうなんだね」

……ゼノ、後ろでクロが恥ずかしそうに震えているけれど大丈夫かい？

ご両親は彼女のことをジッと見つめ、嬉しそうにしているけど。

「クロ、前に言っていたんですよ。初めてパーティア様にいなり寿司をもらって食べた時、美味しいと思うと同時に、懐かしいって感じたんだって。懐かしい父の味がする、美味しくて温かい気持ちになれる食べ物だったから大好きになったんだって」

「……確かティアが作るいなり寿司に使われている、油揚げだっけ？　あれには大豆が使われているものね」

こちらを向いているパーティアにチラッと視線を向けると、満面の笑みで何度もコクコクと頷いている。

戴豆は目を見開いてクロを凝視し、そのまま感動したように震えて……ソッと懐《ふところ》から大豆が入っているのと思わしき袋を取り出し、バーティアに渡した。

そこは普通クロに渡すところじゃ……あぁ、確かにクロは、料理はお手伝い程度しかできないもんね。

いなり寿司作り担当のバーティアに渡して作ってもらうのが正解か。

「それに、毎晩お風呂上がりに私のところにブラシを持ってやってきて、母上のように綺麗な毛を目指すんだってブラッシングもさせるんですよ」

「そこは自分ではやらないんだね」

「どうやら、ご両親の入浴後の日課のようで。以前はバーティア様にやってもらっていたみたいなんですけど、バーティア様と一緒に城に来るようになってからは、両親のような仲睦まじい夫婦になりたいって、入浴後の分だけは私担当になりました」

……今度はクロの両親にまで飛び火したか。

「母上のように綺麗な毛を……」の時は嬉しそうに尻尾を振っていたクロの母上だけれど、夫婦の入浴後の日課をバラされた後は真っ赤になって自分の尻尾を抱き締め、顔を埋めて隠してしまった。

戴豆のほうは……なんで自慢げなんだい？

というか、課題をやっていた時の気難しそうな雰囲気はどこに置いてきたのかな？

娘たちの仲睦まじい話を聞かされた祖父母たちは皆、微笑ましそうな、けれどどこか居心地が悪そうな複雑な表情をしている。

「なるほど。クロにとって、ご両親は理想で自慢の存在なんだね。だからこそ、伴侶になるゼノにも紹介したかったし、両親にもゼノのことを知ってもらいたかった。そういうことかな？」

チラッとクロを見ると、全身を真っ赤に染めて尻尾をピンッと伸ばし、「知らない！」とでも言うように顔をプイッと背けた。

けれど、首を横に振らないあたり、肯定しているのと一緒だよね。

クロの両親も娘のことはよくわかっているから、その反応がどういう意味かも理解しているようだ。

「そうだと思います。一生を共にしたいと思った女性にそんな風に思ってもらえるのならば、多少不安を感じたり、恥ずかしく思ったりしても、本気で嫌だと感じる男はそうそういないでしょう」

「まぁ、そうだろうね」

なんだか凄くいい話みたいになっているんだけど、できればそれはクロに直接言ってもらえないかな？

話している本人だけが今の状況に気付いていないことが気になってしまって、他の人たちのように落ち着いて話に耳を傾けられないんだけど。

「だからですねぇ……」

「ストップ」

「え？」

さらに続けそうなゼノの様子を見て、話を止める。

これ以上この状況が続くのは、さすがの私も辛い。

……笑いそうになるのを我慢するのがね。

クロの祖父母たちはゼノに顔が見えていないのをいいことに、既に思う存分ニコニコニヤニヤしている。

あぁ、紫華だけは感動で泣いているね。……お酒のせいかもしれないけど。

「ねぇ、ゼノ。君、実は結構酔っているでしょ？　……ティア病を発症しているよ？」

「へ？」

「ティア病ってなんですの!?」

ゼノの驚きの声と、バーティアのツッコミの声がかぶる。

ティア病は何かって？　それはもちろん圧倒的な鈍感力と暴露力を発揮するバーティア固有の病だよ。

子供の頃にバーティアの父であるノーチェス侯爵が言っていた『(馬鹿という) 不治の病』と同系統のものかな。

時々、(秘めた思いを暴露されるという) 大きな被害が出るんだよね。

私はずっとバーティアしか罹《かか》らないものだと思っていたんだけど、どうやらお酒と合わさると感染することが極稀にあるみたいだね。

私も気を付けないといけないな。

あぁ、私はお酒では酔わない性質だから問題なかったね。

「え？　バーティア様、なんでこちらの話を聞いて……え？　あれ？　なんで皆こちらを見て……っ⁉　ってティア病って、バーティア様病ですか⁉」

バーティアの声に反応して後ろを振り返り、最初は困惑していたゼノだけど、徐々に状況を理解して、真っ青になった。

……良かった。どうやらティア病のせいでどんな状況になっているかは、ちゃんと伝わったみたいだね。

「フ……フシャァ？」

恥ずかしさと暴露された怒りで真っ赤になって震えているクロが、「覚悟はできてるよね？」と尋ねるような威嚇《いかく》の声を発する。

クロの威嚇《いかく》って、意外とバリエーション豊かだよね。さっきは威嚇《いかく》で説教していたし。

「ちょっ！　ご、ごめんって‼　私と殿下の話を皆が聞いているなんて思ってなかったんだよ‼」

「フシャァァァ‼」

一気に酔いが冷めたのか平謝りするゼノに、クロが足早に近付いてくる。

ズカズカと足音荒くやってきたクロを、とっさに立ち上がって迎えるゼノ。

クロはそのままゼノの胸に真っ赤になった顔を埋めて、ポカポカと叩き始める。

「痛っ！　痛いって、クロ。恥ずかしい思いをさせちゃったのは謝るから許して!!　でも嘘は言ってないだろう？」

「フシャァァァ!!」

あぁ、またゼノが余計な一言を付け加えた。

嘘じゃないなら何を言ってもいいってわけじゃないのに。

そんなことを言ったら、火に油を注ぐことになる。

「フ……フハハハハッ!!　ほんに仲がいいのぉ」

そんな二人のやり取りを見ていたクロの母が、突然笑い始めた。

それにつられて、クロとゼノ以外の人たちも声を出して笑い始める。

ゼノとクロはその光景に一瞬ポカンッとしたけれど、自分たちがやっている行動が、傍から見たら恋人同士の痴話喧嘩でしかないことに気付き、二人揃って顔を赤くして俯《うつむ》いてしまった。

あ、クロだけはまだ少し不満が残っているのか、俯《うつむ》きつつも尻尾でゼノの足をベシベシと叩いているね。

やがて、一通り笑いの波がすぎたところで、クロの両親がゆっくりと二人の前まで歩いてきた。

その表情はまさに『親』のもので、慈愛に満ちている。

「クロには悪いがの、婿殿、妾たちに対するクロの思いを教えてくれて、ほんに感謝じゃ」

ゼノたちの前に立ったクロの母が、穏やかな口調で話し始める。

戴豆はそんな彼女の手を握り、寄り添うように身を寄せた。

まるで自分も同じ気持ちだと示すかのように。

「クロはの、戴豆の無口なところを引き継いでしまってのぉ。戴豆に比べれば感情表現も豊かじゃし、よく『シャァァ』という愛らしい声も聞かせてくれる。大分ましじゃ。……戴豆は何百年かに一度喋《しゃべ》ればいいほうじゃからの」

……それはもはや無口という領域に収めてはいけないやつなんじゃないかな？

人間の寿命で考えると、一度も声を聞かないまま終わってしまうよ？

もの凄く疑問には思ったけれど、今は空気を読んで口にしない。

「先ほど話を聞くまではクロがそんな風に思ってくれておるなんぞ、知らなんだわ」

「……」

その言葉に、クロが不満げに母親に尻尾をパフッとぶつける。

きっとクロ的には、口には出さなくても両親のことを尊敬していて大好きなことは伝わっていると思っていたのだろう。

クロの母は、そんなクロの反応に「フフッ」と笑い、ソッと娘の頭を撫でた。

「すまんの、クロ。妾はずっと不安だったのじゃ。クロはもう気付いておると思うが、妾の根本は引きこもりじゃ。此度《こたび》は其方の伴侶と契約者、そして契約者の夫という身内とも呼べる相手の来訪じゃからこうして頑張ったがの、基本的に人と会うのが苦手じゃった」

そうしてクロの母が話し始めたのは……なんとも反応に悩む話だった。

元々、クロの母の擬態……人間の姿に耳と尻尾がついている状態は、母が擬態を作ることが苦手故の姿なんだそうだ。

クロと同じで、狐の姿であれば完璧な擬態……ただし尻尾は八本なんだそうだけど……それができるが、人になろうとすると力が強すぎて上手く調整がきかず、どうしても耳と尻尾が出てしまうらしい。

「小さい頃はの、それほど気にしていなかったのじゃ。しかしのぉ、年頃になり、他の同年代の高位精霊たちと関わるようになって、これが変なことだと気付いてしまったのじゃ」

他の高位精霊たちが完璧な人間の姿をとれる中で、自分だけ中途半端な擬態しかできない。

そのことを馬鹿にする言葉を直接向けてくる者はいなかったが、精霊が多いところに行くと、皆が自分のことをジッと見たり、口を覆《おお》って顔を赤らめ目を逸らしたりする。

酷い時には、尻尾に触りたいと言われ、触らせてあげたらニマァと笑われてしまったことすらある。

そんな状況が続き、クロの母は他の高位精霊たちと関わることが怖くなってしまった。

けれど友達が欲しかったクロの母は、最後の希望として人間界へと行った。

……その中途半端な擬態のままで。

結果は惨敗。

クロの母の、人と獣の両方の特徴がある姿に、周りは大騒ぎ。

追いかけ回されたクロの母は、怯えて泣きながら闇の領域に帰り、以降はもうずっと闇の領域に引きこもっているのだそうだ。

なんだろう。この話、ところどころ気になる部分があるんだよね。

「戴豆とは妾がまだ引きこもる前——子供の頃からの付き合いじゃ。妾のこの姿を見ても唯一顔色を変えず、そして妾を大切にしてくれるこやつを、妾も徐々に好きになっての。今ではもう何百年も伴侶として連れ添っておる」

そう言って戴豆に身を寄せるクロの母。

戴豆もそんな伴侶を嬉しそうに背後から抱き締めている。

……いい話っぽく聞こえるけれど、戴豆の『顔色を変えず』は顔色どころか表情がほぼ変わらない戴豆の特性のようなものだよね。

まぁ、それで今こうして相思相愛で結ばれているというのなら、結果的には良かったんだろう。

「そして生まれたのが妾と戴豆の最愛の娘、クロ、其方じゃ」

戴豆に抱かれたままの状態で、穏やかな笑みを浮かべ、語るクロの母。

クロはその話に静かに耳を傾けている。

「其方が生まれた時、妾は、妾が与えられるすべての幸せを与えたいと思った。じゃがのぉ、其方の母は残念ながら引きこもりなのじゃ。他の高位精霊の母たちの輪に入りたくても怖くて入れぬ。ゆえに其方に同年代の友達を作ってやることも叶わなんだ。もちろん、努力はしたのじゃ。じゃが、赤子を育てるには人間の擬態のほうが育てやすい。他の母親たちもそうしておるのに、妾はこの下手な擬態で行かねばならぬ。そのことで妾だけでなく、其方まで辛い思いをするかもしれんと思うと、どうしても足が竦んでしまっての。ほんにすまなんだ」

クロの母が悲しそうな表情でクロに頭を下げる。

クロは慌てた様子で「そんなことない!!」と首を振りながら、母の肩を押し、頭を上げさせようとする。

「し、しかもの。そうこうしているうちに人に擬態し始めたクロは……妾と同じように中途半端な擬態しかできなんだ。これはきっと妾の影響じゃ。妾はほんに駄目な母じゃ。妾にできることといえば、こうして少しでも家族の、身内の絆を強くする手伝いをすることくらいしかないのじゃ……」

そこまで話して、ついにクロの母は肩を震わせ泣き始めてしまった。

大粒の涙を零《こぼ》し、顔を覆《おお》うクロの母。

彼女の肩を慰めるように抱き、心配そうに顔を覗き込むクロの父。

そして、「違う！　違う!!」とでも言うように慌てた様子で何度も何度も首を横に振るクロと、クロと一緒にオロオロするゼノ。

祖父母たちは、自分の子供と孫のやり取りに胸を痛めているのだろう、切なげな表情でそれを見守っている。

……なるほど。

初めて顔を見せに来た婿に対して、父方、母方、両方の祖父母のところにまで行かせるのは、やや忙《せわ》しないと思っていたけど、どうやらこれは母の愛故だったみたいだね。

本来持てるはずだった高位精霊同士の横の繋がり、友達関係を上手く作ってあげられなかった我が子に、せめて家族や身内との繋がりは強く残してあげたい。

その思いから、やや強硬とも言える挨拶回りをゼノにさせたのだ。

理由がわかれば、納得もできる。

でも……この湿っぽくなってしまった空気はどうしようか？

そんなことを思い、打開策を考え始めたその時だった。

「師匠！　それは違いますわ!!」

我が家の救世主が「異議あり！」とでも言うようにパッと手を上げた。

しんみりとした空気の中、一人エネルギーに満ちあふれた人——バーティアが私たちのいるほうにズカズカと歩いてくる。

その表情はやや怒っているようにも見える。

「な、何が違うというのじゃ？」

「色々なことが全然まったく違うのですわ!!」

ついにクロの隣まで来たバーティアが、クロの母の前に仁王立ちになる。

必死で「違う」と首を振っていたにもかかわらず、わかってもらえなくて落ち込んでいたクロが、バーティアの登場に目を輝かせる。

「まず最初に、クロはちゃんと耳も尻尾もない人間に擬態できますわ!!」

「……なん……じゃと?」

ゼノとバーティア以外の全員が驚いたようにクロに視線を向ける。

クロはフンスッと鼻息を荒くし、頷く。

そして、見事尻尾と耳を消してみせた。

……幼女バージョンだとその仕草も可愛いんだけど、大人バージョンだと……ちょっと微妙だね。

「クロは、別に完璧な人間に擬態できないから耳と尻尾が出ていたのではないですわ。ただ、大好きなお母様と一緒が良くて今の擬態をしているだけですの」

バーティアがそう話し終えると同時に、クロは再び耳と尻尾を出してそれを大事そうに撫でた。

クロの母はその光景に驚き、涙を引っ込めて目を見開く。

……そういえばクロは、結構臨機応変に自分の擬態を使い分けたり、擬態自体は変えずに部分的に人に見えないようにしたりと、器用な力の使い方をしているよね。

「そして、最大の間違いは、師匠のそのお姿は人類の……いいえ、人類だけでなく精霊様方にとっても宝だということですわ!!」

………ん？

ババーンッ！　と効果音が聞こえそうなほど、自信満々に言い切ったバーティア。

でもその言葉の意味がわからない。

それは私だけでなく、他の人たちも同じようで、皆口をポカーンと開けて固まっている。

「美女に狐耳と尻尾のコラボレーション！　まさに『萌え』を凝縮したようなお姿。これを愛でずに何を愛でるというんですの!?」

「は？　え？　も、『萌え』？　『萌え』とはなんじゃ？」

頭に疑問符を大量に発生させたクロの母が、困惑した様子でバーティアに尋ねる。

「『萌え』とは人類を幸せにする愛ですわ!!　愛らしいものや魅力あふれるものに心揺さぶられ、引き寄せられ、それを愛でる。それこそが『萌え』の神髄ですわ!!」

うん、明らかに前世由来の言葉だね。

その意味は……う～ん、わかるような、わからないような感じかな。

多分、「バーティアを愛でる会」のメンバーがバーティアに感じている感情が一番近い気がするけれど…

でも、いま説明された概念にも、バーティアの主観がかなり影響していそうだからなんとも言えない。

「よくわからんが、それと妾がどう関わってくるのじゃ？　妾はラスボスとかいうものではないのかの？」

「ラスボスと『萌え』は共存できますの!!」

「――？？」

クロの母の困惑がさらに深まる。

それは他の人たちも一緒だ。

「とにかく、師匠のその耳と尻尾は、他者を魅了する素敵アイテムですの!!」

「いや、そんなことはあるまい。現に妾が人がいるところに行くと皆、妾を見て笑うのじゃ」

クロの母はバーティアの言葉を否定し、自分の発した言葉でさらに傷つき俯《うつむ》く。

しかし、その程度の反論で口を閉ざしてくれるバーティアではない。

「その認識自体が間違っていますの!!　師匠は可愛い動物を見ると微笑みませんの？　クロを見て可愛いと思ったら、つい笑ってしまいません？　あまりの愛らしさに頬が赤くなり、緩みそうな口元を押さえることはありませんの!?」

バーティアがキラキラした目で語る。

その隣で自分を引き合いに出すなとクロが嫌そうな顔をしている。

「……そ、それはあるの。幼い頃のクロといったら、それはもう可愛くてのぉ。戴豆と共にあまりの可愛さに直視できず、何度口元を押さえて顔を背けたことか」

「それですわ!!　それが師匠を見る時の周りの反応ですわ!!」

「そんなわけなかろう。じゃが……確かに似ている反応をする者も多かったやもしれん」

「あなたは可愛いです」と言われて「そうなんですね」とすぐに納得する人が少ないのと一緒で、バーティアにいくら言われてもクロの母は半信半疑……いや、むしろ『疑』のほうが多い状態だ。

たとえ似たような反応でもその意味を読み間違えることはあるし、その辺については実際に相手に真意を聞かないと本当のところはわからないしね。

このあたりのことは、当時のことを知る人がいないと話が進まない。

そう考えてチラッと闇絹鳥に視線を向ける。

すると向こうもすぐにこちらの視線に気付いていて、私の言いたいことを理解し、ニッコリと微笑んで頷いた。

「ねぇ、闇狐。当時のあなたは私の言葉に耳を貸そうとしなかったけれど、小さい頃からあなたは人気者だったのよ？　皆、闇狐の綺麗な毛並みの尻尾を触りたがったし、引っ込み思案なあなたと話したくて、機会を求めてジッと様子を窺《うかが》っている子も多かったもの。まぁ、毛並みを触りたがる子に対しては、戴豆がヤキモチを焼いて制裁していたから、直球で頼みに来る子はすぐにいなくなったけどね」

「フフフ」と笑いながらクロの祖母であり、自身の母でもある闇絹鳥が話すと、クロの母はキョトンとし、戴豆はスッと視線を逸らした。

どうやら戴豆は小さい頃からクロの母が好きで、ライバルを陰でこっそり撃退していたらしい。もしかして、ゼノと戦った時の戦い方が刺客っぽかったのもそのせい……うん、あんまり深くは考えないでおこう。

「そうじゃったのか？　じゃが、妾には友達なんぞ一人も……」

クロの母は戴豆の話を綺麗にスルーして過去のことについて考え始める。

「それは闇狐が怯えて逃げていたからでしょう？　確かにね、ちょっと……熱が籠《こも》りすぎていて危うい視線が向けられることもあったから、私も全部が全部大丈夫とは言えなかったけれど、少なくとも普通に友達になりたがっていた子もいたのよ？」

なるほど。どうやらバーティアの言ったことは正しかったようだ。

クロの母を好ましいと感じる者が多くいたにもかかわらず、クロの母は上手く人間に擬態できないというコンプレックスから疑心暗鬼になり、自ら距離を取り、傷ついてしまったのだろう。

なんとも悲しいすれ違いだ。

「そんな。だって、妾は……妾は……」

「バーティアちゃんや私の言葉をすぐに信じることは難しいかもしれないけれど、前は耳を貸そうともしなかった話をとりあえず聞こうと思うくらいには成長できたのだもの。今もなお変わりたいと思うのならば、少しずつその閉じた世界を開いていってみなさい」

闇絹鳥も、やはり母ということだろう。

諭すように語られたそれは慈愛と厳しさが併存していた。

「じゃが、妾はもうずっとここに引きこもっておる。今更妾の相手をしてくれる精霊など……」

「いますわ‼」

再び暗い思考に落ちていくクロの母。

その言葉に待ったをかけたのは、またもや私の頼もしい妻だった。

うん、こういう場面でのパーティアは、ある意味無敵だよね。

……空気を読まずに突っ込むから。

「ここに来る前に、ゼノのお母様である嵐鳥さんが『久しぶりに闇狐ちゃんに会いたい』って言っていましたわ！　私たちがゼノの実家に行く日にパーティーを開くから、良かったらクロの家族にも来てほしいとも言っていましたの‼」

そういえば、そんなことも言われていたね。

あぁ、今の発言でゼノのテンションが一気に下がったよ。

本当に実家でからかわれるのが嫌なんだね。

「あ、嵐鳥かの？　あの嵐鳥かの？　昔、妾の周りをブンブン飛んで回って『可愛い』だなんだともの凄くからかわれたぞよ。嫌われているとばかり思っておったのだが、本当に妾に会いたいと言っておったのかえ？」

クロの母が驚いたように目を見開く。

でも『可愛い』って普通に誉め言葉だよね？

「……あの、母がご迷惑をおかけしたようで、すみません。しかし、それは多分嫌われてないと思います。むしろ、かなり好かれているかなと。母上は嫌いな者には一切近寄ろうとしませんし、可愛くないものを可愛いと言うこともありません。テンションが高くて人の話を聞かないので、からかっているように見えることも多いですし、実際にふざけてからかうこともありますが、その辺の好き嫌いはもの凄くわかりやすい人なんですよ」

自分の母の話が出たからか、かなり気まずそうにしながらも、ゼノが一応フォローとばかりに伝える。

私も少し顔を合わせた程度だけど、確かにゼノが言っているような感じの人だったよね。

「ほんに、ほんにそうなのかえ？　嵐鳥が妾のことを……。そうじゃったのか。そうなのか」

まだ不安の色は拭えない様子だけど、かつて自分に絡んできた相手、しかも自分を嫌っていると思っていた相手が自分のことを好きで構ってきていただけと知り、クロの母はどこか嬉しそうだ。

「だったら答えは簡単ですわ!!　折角のお友達ゲットのチャンスですし、ゼノのお母様とは今後親戚になるんですもの。一緒にパーティーに行って親交を深めればいいのですわ!!」

バーティアがパチンッと手を打ち、嬉しそうに話をまとめようとする。

しかし、クロの母は不安も強く、まだ心が決まっていないようで……

「じゃがの、少々急というか……。妾は友達が一人もおらん、引きこもりぞえ？　心の準備にあと百年くらい……」

「何を言ってますの!! こういうのは勢いが肝心ですの。それにお友達ならここに既にいますわ!! 師匠は師匠ですけれど、私の大切な友達でもあるんですわ!!」

バーティアが少し怒った様子で眉尻をキュッと上げ、クロの母に詰め寄る。

クロの母はその勢いにタジタジとなったけれど、告げられた『友達』という言葉に目を見開く。

「妾とバーティアは友達かえ?」

「そうですわ! こうしてお会いするまでは大切な友達のクロのお母様でしたけれど、こうして会って一緒にお喋《しゃべ》りをした今は師匠兼友達ですわ!!」

「妾の……友達かえ?」

「そうですの!! お友達ですわ!!」

「そうじゃの。そうじゃの! 妾たちは友達ぞ!!」

クロの母の目がパァァッと輝く。

……おめでとう。初めての友達。

「だから一緒に行きましょう、ゼノのおうちのパーティーに。そして、嵐鳥さんとも友達になってくるのですわ!! もうお友達がいるのですから、それが少し増えるだけですの。怖いことなんて何もないですわ!! いつも私が友達に助けてもらっているように、今回は私が手助け致しますの!!」

「おぉ、頼むぞよ!!」

やる気満々で拳を振り上げるバーティア。

それにつられるように、妙に高いテンションでやる気を見せるクロの母。

「私もまざる！」とでも言うようにバーティアと同じく拳を振り上げるクロ。

「……どうしようか。このテンションについていけない私がいるよ」

「それは私もです」

苦笑しながら呟くと、頬を引き攣《つ》らせたゼノも同意してくる。

「とりあえず、クロの実家への挨拶はすべての問題をクリア（？）したみたいだし、これで無事終了ということかな？」

「そういうことにしておいてください。……明日からが思いやられますけど」

どこか疲れた様子のゼノの言葉は、ゼノの実家のパーティーに向けて楽しげに作戦会議を始めたバーティアたちの声にかき消された。

その様子を、クロの祖父母たちは、公園で遊ぶ子供たちを見るような穏やかな目で見守っていた。

十　エピローグ

その日の夜、私たちは予定通りクロの実家に泊まることになった。

ゼノがどの部屋に泊まるかについて、戴豆を中心に紫華や大黒亀といったクロの男性家族が色々と言っていたが、まぁそれはどうでもいいことだろう。

ちなみに、結論から言うとゼノが泊まるのはクロの部屋……になることはなく、クロの部屋の近くの客間になったようだ。

でも、食事会が終わった後、大黒亀と紫華に肩を抱かれて強制的に二次会的な男だけの飲み会へと連行されていたから、今晩はその部屋に戻れるかすらわからない。

その飲み会、実は私も誘われそうになったんだけど、さり気なく逃げようとしていた戴豆を捕まえて生贄として差し出すことで難を逃れた。

お酒を飲むこと自体は嫌いではないけれど、娘や孫娘を奪われそうになっている男たちと、奪っていく側の婿との飲み会なんて、あまり楽しい雰囲気にならなそうだしね。

実際、バーティアと結婚する際に、彼女の父であるノーチェス侯爵に誘われてお酒を飲んだ時だって、色々と文句を言われて……あれ？　でもその後にバーティアの小さい時の話とか色々聞けて結構楽しかったな。

それなら、そんなに変な空気にはならないこともあるのかな？

まぁ、どちらにしても、部外者である私は遠慮しておくほうがいいだろう。

「ここは気温もちょうどいいように調整されているのかな？」

入浴を済ませ、少し火照《ほて》っている体を冷まそうとバルコニーに出て空を眺める。

アルファスタであれば、今の時期、夜はもっとひんやりとしていて、気を付けないとあっという間に湯冷めしてしまうのだが、ここは寒くもなく暑くもなくちょうどいい感じだ。

昼間からほとんど気温が変わらないあたり、きっと何かしらの力が働いていて、心地よいように調整されているのだろう。

「空も、パッと見はアルファスタから見える夜空と変わらないのに、星の並びがまったく違う。ここは本当に不思議な場所だね」

似ているのにまったく異なる夜空。

よく見ると、星の並びだけでなく、アルファスタの星空では見られない色の輝きを放つ星もある。

そういう小さな違いを感じる度に、ここが私たちが暮らす世界とはまったく異なる場所なのだということを痛感する。

本当に興味深い。

「クロには感謝しないといけないね。普通に暮らしていたら精霊界に来る機会なんてなかっただろうし」

精霊界の存在はもちろん知っていたし、興味がないわけではなかったけれど、精霊王の許可を取るなどの色々と面倒な手続きがいるため、そこまでの労力を払ってまで来ようとは思わなかった。

いや、それ以前に、きっと私一人だったらゼノはここには連れてきてくれなかっただろう。

バーティアやクロと出会う前の私とゼノの関係は、今よりもっと殺伐《さつばつ》としていた。

私は彼という存在に興味があって、だからこそ多少の搦《から》め手も使って彼と契約して侍従になってもらったけれど、今ほど親しい間柄ではなかった。

侍従という役割から、ある程度お願いは聞いてくれたけれど、それでも精霊としての彼はどこか一線を引いていた。

人間である私を警戒し、踏み越えさせないという明確な意思をもっての線引きがあったのだ。

まぁ、それは今も完璧になくなったわけではないけれど、警戒度についてはあの当時とは雲泥《うんでい》の差だ。

このへんは間違いなく、バーティアやクロの存在が大きい。

私はバーティアを大切に思うことで、無茶をすることや、自分の興味だけを追求して周囲の迷惑を顧《かえり》みずに好き勝手やることはなくなった。

人として踏み越えてはいけない一線も、頭で理解するだけでなく心でも理解してセーブできるようになったと思う……多分。

バーティアの笑顔を守りたいと思うことで、バーティアが大切にしているクロのことも尊重するようになったし、そのクロが傷つくことは……たとえば彼女の仲間である精霊を傷付けたりすることはしようとも思わなくなった。

……あ、ゼノを扱《こ》き使うのは別だよ？　それは彼の仕事だからね。

それがゼノにもわかっているから今回の精霊界行きも、別の理由で多少ごねはしても拒絶はしなかったんだと思う。

「そう考えると、今こうして精霊界を満喫できているのも、ティアのおかげだね」

そんなことを考えてフッと口元を緩ませたその時だった。

背後からカチャッという小さな音と共に、扉が開かれたのは。

「いいお湯でしたわ」

「……ティア、おかえり。お風呂は気持ち良かったかい？」

「はいですの！　さっぱりしましたわ」

姿を現したのは入浴を済ませ、寝間着に着替えた私の可愛い妻。

いつもなら、彼女の入浴後には侍女たちが髪を乾かすなど色々と世話をするんだけれど、ここには侍女を連れてきていないし、唯一のメイド役のクロには今日は仕事を忘れて、家族団欒を楽しんでもらっている。

そのため、今日のバーティアはタオル片手に髪を拭きながらこの寝室へと戻ってきていた。

うん。これもなかなか新鮮でいいね。

でも……

「そのままだと風邪をひくね。拭いてあげるからこちらへどうぞ、お姫様」

そう言って、バルコニーに置かれていた椅子を引き、彼女に向かってエスコートするように手を差し出す。

私の申し出に、バーティアは一瞬キョトンとしたけれど、すぐにどこか照れくさそうな、それでいて嬉しそうな笑みを浮かべて私のもとへと歩み寄り、そっと手を重ねて私が導くままに椅子に腰かけた。

「さぁ、タオルを貸して」

そう言って、バーティアが手にしているタオルを受け取る。

「本当にいいんですの？　なんだか凄く贅沢な気分ですわ」

「贅沢って、夫に髪を拭いてもらうのがかい？」

「だって、セシル様は私の憧れの方ですもの。まさかこんなファンサービスをしていただけるなんて……」

「ファンサービスじゃなくて、妻への奉仕だけどね。ただのファンだったらこんなことはしないよ」

「そ、そうですわよね……」

彼女のサイドの髪を一房手に取り、ゆっくりと丁寧にタオルで拭きながらそんな会話をする。

少し俯《うつむ》きがちになったバーティアの耳が、お風呂で温まったからとは違う意味で赤く色づく。

結婚しても変わらず初心《うぶ》な彼女が可愛くて仕方ない。

ついつい小さな笑みが口元から零《こぼ》れ出てしまう。

「なんだかくすぐったいですわ。もっと強く雑にガシガシッてやってくださってても構いませんのよ？」

恥ずかしさに耐えられなくなったのか、明らかに照れ隠しが含まれた口調でそんなことを言うバーティア。

早く終わらせてほしいという意味もあるんだろうけれど……もちろん、早くなんて終わらせないよ。

今のこの時間が最高に楽しいからね。

「そんなことをしたら、髪が傷むよ？　普段手入れをしている侍女たちが後で見たら悲しむかもしれないね」

「……それは申し訳ないですわ。いつも頑張って丁寧にやってくれてますもの」

そりゃ、王太子妃の髪の手入れだからね。

当然、侍女たちだって精一杯やるだろう。

それじゃなくても、バーティアと話ができる身支度の時間は、侍女たちにとって大切らしいからね。

以前聞いた話によると、バーティアと少しでもお喋《しゃべ》りがしたくて、髪を乾かすなどの比較的時間がかかる作業は侍女たちの間で取り合いになっているらしい。

妻が人気者なのは嬉しいことだけれど、あまり行きすぎると少し微妙な気持ちになるのはなぜだろう？

「それなら、今日もできる限りは傷まないように綺麗に整えないとね。一通りのやり方はわかるから、私に任せておいて」

そう言いながら、ゆっくりと丁寧にバーティアの髪を拭く作業を繰り返していく。

……確か、髪用のオイルもバーティアが持ってきていたはずだから、乾かす作業が終わったらそれも馴染ませないとね。

「それなら、セシル様の髪は私がやって差し上げますわ！」

やる気満々でギュッと両手を握るバーティア。

「ハハハ……。ありがとう。でも私の髪はもう乾いているからね。気持ちだけもらっておくよ」

残念。私の髪はそんなに長くないし、お風呂から出た後しっかり拭いて、夜風にあたっていたらすっかり乾いてしまっている。

「……うぅ。それは残念ですわ。じゃあ、今度！　今度やらせてくださいませ‼」

意気込むバーティアに「今度ね」と苦笑する。

「ねぇ、ティア。今日、私とゼノがいない間、こっちでは楽しめた？」

ちょうどいい温度の柔らかい風を頬に感じながら、バーティアに話しかける。

「もちろんですわ！　師匠から色々と精霊界について聞いたり、セシル様たちがおかえりになられた後の食事会の準備をしたり、一流悪役令嬢レッスンをしたり、とても楽しかったですわ‼」

満面の笑みで振り返るバーティアに苦笑を返しながら、頭を軽く両手で押さえて前を向かせる。

バーティアは私が髪を拭く作業中であることを思い出して、慌てて「すみません」と言って前を向いて背筋を伸ばした。

……別に、姿勢を正す必要はないんだけどな。

あと、『一流悪役令嬢レッスン』というのが凄く気になる。

気になる……んだけど、なんとなく予想がつくのが不思議だね。

きっと、途中で見せられた映像に映し出されたようなことが、あれ以外にも行われていたということだろう。

「いつもは見られないクロの様子も新鮮でしたの。クロとは長い付き合いですけれど、クロのお母様には初めてお会いして、お母様と一緒にいるクロも初めて見ましたわ」

ニコニコと、私たちがいない間のことについて話してくれるバーティア。

クロは時々実家に帰っていたみたいだけれど、家での様子について詳しく聞いたことはバーティアもなかったようだ。

なんとなく身振り手振りで楽しかったということは伝わっていたようだけれど、実際に実家でどのように過ごしているかは彼女も知らなかったらしい。

「クロはしっかり者ですけれど、やはりお母様の前では少し甘えん坊さんになるんですの。師匠の尻尾にじゃれついたり、お膝に座ったりして甘えてましたわ」

……それ、普段のバーティアに対する態度とあまり変わってないよね？

まぁ、大切な主《あるじ》にするのと母親にするのとでは、細部に違いはあるのかもしれないけれど。

クロは基本的にしっかりしているけれど、懐いた相手に甘えるのは変わらないようだ。

「……実はここ最近、クロはソワソワしていて落ち着きがなかったのですわ。多分、ご両親にゼノを紹介するのも、ゼノのご両親に紹介されるのも楽しみな反面、クロなりに緊張してたのだと思いますの」

確かに、言われてみれば、ここ最近のクロはどこか落ち着かない様子が見られた。

元々、表情が乏《とぼ》しい彼女だから、はっきりと緊張を見せていたわけではないけれど、ふとした時に少しボーっとしていたり、尻尾や耳の動きがどこか忙《せわ》しなかったり、思い起こしてみれば思い当たるふしはいくつもある。

「恋人を両親に会わせるのに緊張するのは、人も精霊も変わらないんだね」

「……セシル様はあまりそういう感じはしませんでしたわ」

バーティアは、私が髪を拭くのに邪魔にならない程度に振り向き、私の顔をジトッと見てくる。

「私の場合は、小さい頃から知っている相手だったからね。ティアだってそうだったんじゃない？」

「私は……緊張しましたわ。婚約者に決まって顔合わせに行った時も、結婚が決まって会いに行った時も」

「自分だけ不公平だ！」とでも言いたげな様子で、頬を膨らませて睨んでくるバーティアに思わず苦笑が浮かぶ。

それにしても、婚約者に決まって会いに来た時も緊張していたんだね。

……よくそんな状況で、初っ端から「私は悪役令嬢ですの！」なんて宣言できたね。

ある意味、もの凄い根性だと思うよ。

「私は元々緊張しにくい質《たち》だからね。あぁ、でもノーチェス侯爵のところに結婚の挨拶に行った時には、どんな文句か飛び出すのか楽しみ……少し緊張したよ」

「今、楽しみって仰《おっしゃ》いませんでした？」

「言っていないよ。とても緊張したと言ったんだよ」

ニッコリと笑顔で誤魔化すけれど、バーティアはジトッと見てくる。

まぁ、私が「緊張する」という状態自体が珍しいから、彼女もあまり信じられないんだろうね。

「私にとって、ティアに関することはすべてが大切なことだ。だから、緊張したことだって今となったら楽しい思い出なんだよ」

まだ膨らんだままの彼女の頬をソッと撫でる。

すると、彼女は頬の空気を抜いて、今度は軽く唇を尖らせた。

「ズルいですわ。そんなことを言われたら文句も言えなくなりますの」

「それなら良かった。でも、ティアだってそうじゃないのかい？　確かに緊張はしたかもしれないけれど、お互いにそういうのを乗り越えて今がある。だから、それもいい思い出。ね？」

「それはそうですけれど……やっぱり、私ばかりいつも焦っているのはズルい気がしますの」

まだ少しご機嫌斜めな妻の唇に、ソッと身を乗り出して軽く口付けする。

「なっ！」

「そうやって焦る君に、私はいつも心を奪われているんだよ。だからお相子さ」

「ふ、不意打ちは本当にズルいですわ‼　そして、そんなこと仰《おっしゃ》ったら、私だっていつも……」

「いつも……何？」

先を促《うなが》すように声をかけると、彼女は真っ赤になったままプイッと顔を背けてしまった。

「な、なんでもありませんの。それより、クロたちのことですわ！　ひとまず、ゼノが受け入れてもらえて良かったですの」

強引に話題を変えた彼女にクスクスッと笑いながら、止まっていた手を再び動かして髪を乾かす。

「そうだね。クロも嬉しそうにしていたし、ゼノも……ちょっと大変そうではあるけれど、男同士の付き合いができていそうだから、良かったんだろうね」

おそらく、彼は今頃クロの父や祖父たちに酒を飲まされ愚痴を言われ大変な思いをしているだろう。けれど、それも一つの通過儀礼だ。

それをやってもらえるということ自体が大切なんだから、甘んじて受ければいい。

「今度はゼノのご両親ですわよね」

「まぁ、あの感じだと大歓迎っぽいから問題はなさそうだけどね」

図らずも、ゼノの両親には既に会うことができた。

きちんとした挨拶はまだでも、クロも顔合わせができており、相手の反応も上々だ。

あと問題があるとすれば、ゼノが警戒している彼の姉たちがどう出るかかな。

「ゼノのご両親も優しそうな方たちで安心しましたわ。クロだけでなく、師匠もゼノのご両親と仲良くなれるといいんですけれど……」

「君がそばにいれば大丈夫なんじゃないかな？」

「……え？」

思わず出てしまった言葉に、バーティアがまたこちらを振り返って首を傾げる。

あまり自覚がないようだけれど、バーティアには周りを巻き込んで仲良くさせる不思議な力がある。

どんなにギスギスしていても、彼女がいると空気が和らいで明るく楽しい雰囲気に変わるのだ。

少し前に会ったリソーナ王女がいい例だろう。

彼女は出会った当初、とてもピリピリしていて雰囲気が最悪だった。

癇癪《かんしゃく》もよく起こしていたみたいだったし、バーティアに対する態度も悪かった。

それがいつの間にかバーティアと仲良くなり、雰囲気がまるくなり、照れ隠しに怒ったり文句を言うことはあっても癇癪《かんしゃく》を起こしたり人に理不尽にあたることはなくなった。

そういった、いい変化が彼女にいい縁を呼び込み、今では幸せな新婚生活を送っている。

これは、リソーナ王女自身の努力はもちろんのこと、変わる切っかけを与えたバーティアの力も大きかったと思う。

……バーティアはまったく自覚していないけど。

「もし、上手くいかないことがあっても、私たちができる限りフォローすればいい。それに、今回一度で仲良くならなくても、今後いくらでも機会はあるだろうし、少しずつ関係を深めていけばいいんじゃないかな？」

ゼノの母の様子からすると、その心配自体が無駄な気もするけどね。

「そう……そうですわよね！　私たちも折角ついてきたんですから、できる限り協力すればいいだけですわ!!　はっ！　あぁ、ならもっと何か仲を深めるための遊びを用意してくれば良かったですわ」

バーティアは自分の中の心配を吹き飛ばすかのように明るい声を上げて、色々と考え始める。

「別に遊び道具がなくても、お喋《しゃべ》りだけでいいんじゃない？　向こうでパーティーを開いてくれるみたいだし、食べながらゆっくり話して仲を深めればいいと思うよ」

「け、けれど、やはり何かあったほうが盛り上がるんじゃ……。ここは以前セシル様に楽しんでいただこうと練習して、お披露目する前に侍女たちに全力で止められた腹踊りを……」

「……ひとまず、侍女たちが全力で止めるようなことは、ここでもやめようか」

『腹踊り』。

どんなものかはわからないけれど、言葉のニュアンスだけでも嫌な予感がするよ。

そして、私に対する暴走については、わりと私に対処を丸投げしてくるあの侍女たちが止める何か。

絶対ここでもやらせないほうがいいに決まっている。

「で、では、今日練習して発表し損ねた悪役劇場をクロと師匠と三人で‼」

「引きこもりだったクロの母上にはハードルが高すぎると思うけど？」

「はっ！　そ、そうですわよね。師匠は人前に出るのが得意ではなかったのですわ」

「普通でいいからね？」

「あの、セシル様……」

「なんだい？」

「普通ってどんなものでしたっけ？」

「……」

難しい質問をするね。

世間一般の『普通』とバーティア的『普通』には大きな乖離《かいり》があるからなぁ。

「……ひとまず、特別な催《もよお》しはせずにお喋《しゃべ》りを楽しめばいいと思うよ。あくまで、今回の主役はクロとゼノなんだから、私たちはただ提示されたものを全力……ほどほどに楽しんで、適度にフォローを入れればいいんじゃないかな？」

色々考えたけれど、一番無難そうな答えをバーティアに返す。

彼女はどこか納得いかなそうな様子だったけれど、「主役は私たちではない」ということについては、なんとか頷いてくれた。

「そうですわよね。私たちが色々と出しゃばりすぎるのも良くないですわよね。クロとゼノの大切なイベントなんですもの」

「そうだよ。そこでする苦労も彼らにはいい思い出になるからね。私たちは傍観者としてこの先もただ楽しめばいいんだよ」

「わかりましたわ!!　頑張って精一杯全力で傍観者に徹しますわ!!」

「……そうしようか」

なぜか傍観者であることに張り切るバーティアを見て不安を覚える。

けれど、その不安はきっと私の妻が彼女である限り感じ続けるものだろうから、敢《あ》えて気にしないことにした。

「あ、そういえば、昼間、闇絹鳥から君へと羽をもらったんだった」

不意に昼間もらった羽のことを思い出す。

とても艶《つや》やかで綺麗な羽だったから、きっとバーティアの深紅の髪に似合うだろう。

「少し待ってて」

そう言って、ハンカチに包んで保管しておいた闇絹鳥からもらった羽を取りに行く。

上着のポケットにしまっておいたため、傷ついていないか心配だったのだけれど、そこは精霊の羽。

どうやら普通の羽よりも丈夫らしく、ほんの少しも乱れず綺麗なままハンカチに挟まれていた。

「帰ったら、髪飾りにでもブローチにでも加工すればいいよ」

そう言って手にした滑らかな手触りの漆黒の羽を、乾かしたばかりのバーティアの髪にあてがう。

そして一緒に持ってきた手鏡をバーティアに渡した。

「まぁ、綺麗な羽ですわ!!」

「精霊の羽だからね。特別品だよ」

手鏡を手にしたバーティアが嬉しそうに笑う。

「これにセシル様にいただいた青薔薇を添えたら綺麗な髪飾りになりそうですわ!!」

「あぁ、いいかもしれないね」

薔薇の色が紫だったら、紫華を彷彿《ほうふつ》とさせてカップリング的に問題が起こりそうだけれど、青薔薇なら今のところ精霊がついていないから問題ないだろう。

あるいは、いっそのこと、大黒亀に甲羅の欠片をもう一つ分けてもらえないか交渉して、それも一緒に加工してもいいかもしれない。

課題の時はゼノも苦戦していたけれど、多分大黒亀の性格からして頼めば普通にくれる気がする。

「あ、でも、折角綺麗な羽ですもの。セシル様に使っていただく羽ペンにしてもらったほうが……」

「それは闇絹鳥が君へとくれたものだから、君が使うといいよ」

「ですが……」

「私も、それで可愛く着飾ったティアが見たいしね」

それに、闇の精霊の力が籠《こも》っている品なら、持っていると防犯にも役立ちそうだ。

王太子妃になり、以前より危険な目にあうことも増えるであろう愛しい妻の安全に代えられるものなど何もない。

「そ、そういうことでしたら……」

嬉しそうに微笑むバーティアに私も微笑みを返す。

「クロやゼノだけでなく、こうして私たちも彼らの主《あるじ》として受け入れてもらえることは嬉しいね」

「ええ、そうですわ！　私、もっといっぱいいっぱい仲良くなりたいですの!!」

私が渡した羽を大切そうに握り締め、満面の笑みを浮かべた妻に、私も笑みを返したのだった。

自称 悪役令嬢な妻の観察記録。
1
VOLUME ONE
RC Regina COMICS
シリーズ累計
167万部突破!!
(電子含む)
原作＝しき
漫画＝蓮見ナツメ
Presented by Shiki & Natsume Hasumi
アルファポリスWebサイトにて
好評連載中!!
＼どたばたラブコメファンタジー／
待望の続編!!
『悪役令嬢』を自称していたバーティアと結婚した王太子セシル。楽しい新婚生活を送っていたところ、バーティアの友人・リソーナ王女から結婚式のプロデュース依頼が舞い込んだ。やる気満々のバーティアをサポートしつつシーヘルビー国へ向かったけれど、どうもバーティアの様子がおかしい。すると、バーティアが
「私、リソーナ様のために
代理悪役令嬢になりますわ!!」
そう宣言して——!?
悪役令嬢の大先輩である私が
代理悪役令嬢になりますわ!!!!!
大人気どたばたラブコメファンタジー待望の続編!
大好評発売中!!
アルファポリス 漫画
検索
B6判／各定価:748円(10%税込)／ISBN:978-4-434-31029-4

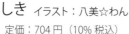

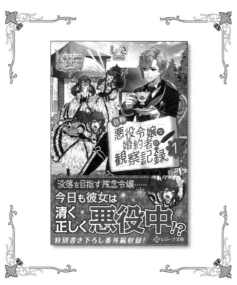

RC
Regina COMICS
自称 悪役令嬢な婚約者の観察記録。
1~6
シリーズ累計
140万部突破!!!
(電子含む)
原作＝しき
Presented by Shiki & Natsume Hasumi
漫画＝蓮見ナツメ
異色のラブ(?)ファンタジー
優秀すぎて人生イージーモードな王太子セシル。そんなある日、侯爵令嬢バーティアと婚約したところ、突然、おかしなことを言われてしまう。
「セシル殿下！ 私は悪役令嬢ですの!!」
……バーティア曰《いわ》く、彼女には前世の記憶があり、ここは『乙女ゲーム』の世界で、彼女はセシルとヒロインの仲を引き裂く『悪役令嬢』なのだという。立派な悪役になって婚約破棄されることを目標に突っ走るバーティアは、退屈なセシルの日々に次々と騒動を巻き起こし始めて――？
悪役令嬢な婚約者の観察記録。
しき
蓮見ナツメ
112万部突破!!
これが溺愛ルート!? 最高に幸せですわ!
アルファポリス
大好評発売中!!
アルファポリス 漫画
検索
B6判／各定価：748円(10%税込)

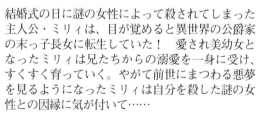

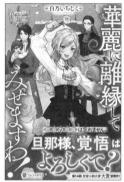

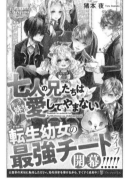

この作品に対する皆様のご意見・ご感想をお待ちしております。

おハガキ・お手紙は以下の宛先にお送りください。

【宛先】

〒150-6008 東京都渋谷区恵比寿 4-20-3 恵比寿ｶﾞｰﾃﾞﾝﾌﾟﾚｲｽﾀﾜｰ 8F
（株）アルファポリス　書籍感想係

メールフォームでのご意見・ご感想は右のＱＲコードから、
あるいは以下のワードで検索をかけてください。

アルファポリス　書籍の感想　検索

ご感想はこちらから

本書は、「アルファポリス」（https://www.alphapolis.co.jp/）に掲載されていたものを、改稿のうえ書籍化したものです。

自称悪役令嬢《じしょうあくやくれいじょう》な妻《つま》の観察《かんさつ》記録《きろく》。 3

しき

2023年　5月　5日初版発行

編集－塙綾子
編集長－倉持真理
発行者－梶本雄介
発行所－株式会社アルファポリス
〒150-6008 東京都渋谷区恵比寿4-20-3 恵比寿ｶﾞｰﾃﾞﾝﾌﾟﾚｲｽﾀﾜｰ8F
TEL 03-6277-1601（営業） 03-6277-1602（編集）
URL https://www.alphapolis.co.jp/
発売元－株式会社星雲社（共同出版社・流通責任出版社）
〒112-0005 東京都文京区水道1-3-30
TEL 03-3868-3275
装丁・本文イラスト－八美☆わん
装丁デザイン－ansyyqdesign
印刷－中央精版印刷株式会社

価格はカバーに表示されてあります。

落丁乱丁の場合はアルファポリスまでご連絡ください。

送料は小社負担でお取り替えします。


ISBN978-4-434-31941-9　C0093